ARNOLD STADLER

Erbarmen mit dem Seziermesser

ARNOLD STADLER

Erbarmen mit dem Seziermesser

Über Literatur, Menschen und Orte

Mit einem Nachwort von
Peter Hamm

Zur Erinnerung an Heinrich Wiegand Petzet.

Ausstattung und Umschlag: Groothuis & Consorten
Gesetzt aus der Adobe Garamond
Gedruckt auf säurefreiem und chlorfrei gebleichtem Papier
Satz: Greiner & Reichel, Köln
Druck und Verarbeitung: Clausen & Bosse, Leck
Printed in Germany
ISBN 3-7701-5306-5

OMNES MORIMUR. Es muß gestorben sein. Und wer's nicht glauben will, frag Wien in Österreich darum.

Ulrich Megerle aus Kreenheinstetten bei Meßkirch,
genannt Abraham a Sancta Clara
Kreenheinstetten 1644 / Wien 1709

Inhalt

I. Reden

II. Lesen

IV. Antworten und Fragen

V. Nachwort

I. REDEN

Herr Präsident, meine Damen und Herren

Antrittsrede als Mitglied der Deutschen Akademie für Sprache und Dichtung

Herr Präsident, meine Damen und Herren,
das Unglück zu Hause, dachte ich, rührte allein von da, daß bei uns keine Palmen wuchsen. Meine Gegend war eine, in der das Heu nach der – unglücklichen – Liebe des Himmels zur Erde roch. Auf den Feldern fuhren Mengele-Landmaschinen herum. Es waren dieselben Felder, auf denen kaum zwanzig Jahre vor mir andere, auch Polen und Russen, gearbeitet hatten.
Geboren wurde ich 1954 in Meßkirch in einen Kreißsaal hinein, der nun das Speisezimmer eines Altersheims ist. Das erste, was ich damals wohl hörte, war die Stimme der grobschlächtigen Hebamme, die nach der Schere rief, und ich bekam zum ersten Mal Todesangst. Meßkirch im Fleckviehgau, wie ich, weil uns ein Name fehlte, die Gegend selbst getauft habe, liegt auf halbem Weg zwischen Hölderlins oberer Donau, von ihm als Isther besungen, nicht weit von der Quelle, und dem Bodensee, ihr holden Schwäne, ihr gelben Rosen!, kaum zwanzig Kilometer sogenannte Luftlinie jeweils. Heidegger kam oder kommt aus Meßkirch, auch Kants Großmutter und andere. Am heute so genannten Heideggergymnasium ging ich neun Jahre lang zur Schule, nein: von dort aus fuhr ich neun Jahre lang immer wieder nach Hause. Denn ich hatte, stellen Sie sich vor, trotz allem, Heimweh nach meinem kleinen Heimatort, der Rast hieß, und ich war, trotz allem, noch lieber bei meinen Schweinen als bei meinen Mitschülern. Auf den Bus

nach Rast wartend, der für die kleine Strecke eine Stunde benötigte, habe ich manchmal Heidegger gesehen, wie er mit seinem Bruder Fritz an uns vorbeiging. Vielleicht hat er uns für die Kinder der Letzten gehalten, deren Sprache noch heil war. Ich hatte von Anfang an von mir und meinen Menschen einen anderen Eindruck: die Sprache war meine erste Fremdsprache. Muttersprache und Fremdsprache fielen zusammen in meinem Mund.

Irgendwann war die Zeit in Meßkirch und in Rast zu Ende, und ich begann, trotz allem, mit dem Studium der katholischen Theologie in München. Später ging es oder ich nach Rom, dann nach Freiburg. Auch reiste ich nun in der Welt herum, vielleicht auch nur, weil ich zwanzig Jahre derart festgesessen hatte in Rast. Nach fünf Jahren verließ ich Theologie und Priesterseminar, fromm, wie ich gekommen war, und ungläubig. Ich hatte nun fünf Jahre für das Studium eines einzigen Buches, der sogenannten Heiligen Schrift, drangegeben, also begann ich noch einmal, wie man so sagt, ganz von vorne, bei Adam und Eva, mit der Literaturwissenschaft in Bonn und Köln. Da hatte ich, auf einmal im Prinzip alle Bücher vor mir, auch jenes eine. Aber nun stehe ich vor Ihnen, meine Damen und Herren, weil ich in die Deutsche Akademie für Sprache und Dichtung gewählt worden bin. Das hängt wohl vor allem mit der Tatsache zusammen, daß ich eines Tages zu schreiben begonnen habe: ich weiß noch, es war kurz nachdem mir beim Füttern der Kühe mit Heu ein erstes Gedicht eingefallen war, ich weiß noch, ich hatte, während ich dichtete, eine Heugabel in der Hand, und ich war etwa zehn Jahre alt, und etwa so groß wie meine Kühe. »Alle Menschen müssen sterben« – das war die erste Zeile, und es folgte ein Reim, den ich nach der abendlichen Arbeit aufschrieb. Was reimt sich schon auf sterben! – kurz: ich wollte nur sagen, daß ich mein Thema gefunden hatte. Es dauerte allerdings über zwanzig Jahre, bis die dazugehörenden Bücher geschrieben wurden: *Ich war einmal; Feuerland; Mein Hund, meine Sau, mein Leben; Der Tod und ich, wir zwei.*

Dem Schreiben ging ein langes Lesen voraus, du liebe Zeit!

Das erste Buch, das ich gelesen habe, und von dem ich zehrte, war: *Der Nachsommer* – das Geschenk meines gelehrten Großonkels, der allerdings kein Psychologe war – oder gewesen sein kann: Adalbert Stifter! – Ja, ich hatte einen Selbstmörder als Lebenshilfe.

Soweit zu meiner Herkunft.

Als ich vor kurzem eine Todesanzeige in meinem Briefkasten fand, erschrak ich. Die Deutsche Akademie für Sprache und Dichtung gab den Tod des großen polnischen Lyrikers Herbert bekannt. Ich bin also nun auch an ein Verteilernetz angeschlossen, das mir in unregelmäßigen Abständen Mitteilungen, die vielleicht schmerzen, und in regelmäßigen Abständen Einladungen, die mich freuen, zuschicken wird und mehr.

Ich danke Ihnen.

Erbarmen mit dem Seziermesser

Dankrede zur Verleihung des Georg-Büchner-Preises

Jeden Morgen erblicke ich die Erde neben meinem Bett. Sie steht auf dem Tisch: die Erde, eine Kugel, etwa so groß wie mein Kopf, der fast so rund ist wie sie, mit dem Kontinent, auf dem mein Haus steht, mit dem Schlafzimmer und dem Bett, in dem ich liege. Und auch, bevor ich das Licht lösche, sehe ich noch einmal auf die Erde neben mir, auf der auch das Bett steht, in dem ich liege, damit ich weiß, wo ich bin. Dann träume ich noch etwas, bis ich einschlafe.

Liebe Zuschauer!

»Hat es während des Guillotinierens geregnet? Oder hast du einen schlechten Platz bekommen und nichts sehen können?« Das sind Büchners Fragen, die er dem Menschen stellt. Schauderhaft. Mit einem Drama, das den Tod im Titel trägt, begann er. Was für ein Leben! Unter den allertraurigsten Umständen hat er »ich« gesagt und dabei auf die Welt gesehen, diesen Revolutionsplatz, über den er sich keine Illusionen gemacht hat. Doch wie diese Welt, die doch eigentlich sprachverschlagend ist, zur Sprache bringen? Was Georg Büchner dazu zu sagen hat, konnte ich im *Lenz* nachlesen:

Lenz sagte: »Die Dichter, von denen man sagt, sie geben die Wirklichkeit, hätten auch keine Ahnung davon, doch seien sie immer noch erträglicher als die, welche die Wahrheit verklären wollten. Er sagte: Der liebe Gott hat die Welt wohl gemacht, wie sie sein soll, und wir können wohl nicht was Besseres klecksen. Unser einziges Bestreben soll sein, ihm ein wenig nachzu-

schaffen. Ich verlange in allem Leben, Möglichkeit des Daseins und dann ist's gut: wir haben dann nicht zu fragen, ob es schön, ob es häßlich ist. Das Gefühl, daß, was geschaffen sei, Leben habe, stehe über diesen beiden und sei das einzige Kriterium in Kunstsachen. Übrigens begegne es uns nur selten ...«
Und: »Man muß die Menschen lieben, um in das eigentümliche Wesen jedes einzelnen einzudringen; es darf einem keiner zu gering, keiner zu häßlich sein, erst dann kann man sie verstehen ...« Büchner läßt einen Menschen, der alles sehen will, der auf *panem et circenses* aus ist, fragen: »Hat es während des Guillotinierens geregnet? Oder hast du einen schlechten Platz bekommen und nichts sehen können?« Und Georg Büchner erbarmt sich auch noch dieser seiner Erbärmlichkeit. Das sind Fragen, die von Menschen mit dem Blick auf die Guillotine gestellt werden. Büchner macht sich über die Welt, den Revolutionsplatz mit dem Menschen, der in seiner Mitte hingerichtet wird *und* zuschaut, keine Illusionen. Trotzdem: »Ich bin kein Guillotinenmesser« schreibt er an seine sogenannte Braut. Für »Guillotinenromantik« (ein Stichwort aus *Dantons Tod*) ist er nicht zu haben.
Dagegen wollen die von Büchner so genannten Bürger alle jene, »die kein Loch im Rock haben«, totschlagen und totgeschlagen *sehen*: »An die Laterne!« – Das ist eine Forderung der Avantgarde, die sich mit dem schönnamigen Wort Revolution schmückt. Kommt mir bekannt vor, dachte ich: Pol Pot, der alle erschlagen ließ, die eine Brille trugen, Intellektuelle oder auch nur Menschen, die die Welt besser sehen wollen. Das war vor zwanzig Jahren. »An die Laterne!«, das war die Forderung des Bürgers vor zweihundert Jahren – doch dann kommt, von Büchner so gewollt, so steht es in seinem Text, »ein junger

Mensch«. Es ist das Vorrecht dieses jungen Menschen, in diese Welt das Wort »Erbarmen!« hineinzurufen. Dieser junge Mensch ist so jung wie Büchner selbst und hat einen Namen: Georg Büchner.

»Junger Mensch: Erbarmen!« Büchner, der sich keine Illusionen macht, ruft dennoch: »Erbarmen!« Das ist großartig. Und im *Woyzeck* ist es wieder da, das Erbarmen: »Herr Doktor, erlauben Sie, daß ich ein Menschenleben rette?«

Ein Menschenleben, ein einzelner Mensch also ist es. Und das heißt: möglicherweise bin auch ich derjenige, der gerettet werden soll. Es geht um mich. Schon im Titel *Dantons Tod* geht es Büchner um den Tod eines einzelnen.

»Wir wissen wenig voneinander. Wir sind Dickhäuter, wir sind sehr einsam«, sagt Danton, sagt Büchner. Und: »Wir müßten uns die Schädeldecken aufbrechen und die Gedanken einander aus den Hirnfasern zerren.«

Das ist unerhört und steht auf engstem Raum, aber zusammen. Und der Satz des Doktors enthält die böse Vorahnung: »Wenn Gott will, so machen wir die unsterblichsten Experimente.«

Die Schädeldecke aufbrechen, um Nähe herstellen zu können, und auch, um etwas zu sehen: Es ist ein sonderbares Erbarmen bei Büchner – ein Erbarmen mit dem Seziermesser. Erbarmen ist eine theologische Kategorie, die über das Mitleid weit hinausgeht, die das konstruktive Gegenteil von ihm ist. Der Blick des Menschen vom Jesus der Evangelien her und der Blick eines Naturwissenschaftlers vom Anfang des neunzehnten Jahrhunderts: Büchners Erbarmen geht mit dem Seziermesser vor. Die Sprache ist sein Seziermesser. Also tut es weh. Und er weiß als Anatom, daß wir alle denselben Grundriß haben; und als Mensch weiß er: daß der Schmerz, der zwar nicht meßbar ist,

sich doch an der jeweils selben Stelle einstellt. Und gewiß ist, ja, die einzige Gewißheit ist: es tut weh, also bin ich. Es blutet, also bin ich. Ich blute, also bin ich.
Ich sehe, ein Abgrund tut sich auf, ein Schmerz stellt sich ein, (wie bei Günther Uecker mit seinen Nägeln:) das bist du, »tat tvam asi«, das bin ich: ein Anti-Descartes gegen das gedankenvolle, blutleere, also: seelenlose »Cogito ergo sum«. Darin liegt der Unterschied zwischen Descartes und Büchner: sein Mensch blutet, während Descartes' Mensch denkt. Georg Büchner seziert, aber die Sprache ist bei ihm ein Seziermesser *und* ein Schmerzmittel. Das ist kein Widerspruch: »Man muß den Menschen lieben, um in das eigentümliche Wesen jedes einzelnen einzudringen«. Ganz offenbar ist es, und daher ist er uns so nahe, daß Büchner nicht konstruiert, sondern etwas sucht und findet und offenlegt: »Zeige deine Wunde!« Mit Ästhetik hat das nichts mehr zu tun. Büchners Sätze schulden ihre Schönheit der Wahrheit, die – eine Offenlegung der Wunde ist. »Wir haben nicht zu fragen, ob es schön oder häßlich ist.« So Büchner. Von da erkläre ich mir Büchners Gegenwart, für die ich, wie für alles Große, keine Erklärung habe. Sie ist einleuchtend wie eine Metapher: Büchner, das ist eine Begegnung von Rose und Schwert. (Das sagte Cioran von Shakespeare, dem Lieblingsdichter Büchners. Zurück zum Schmerz!)
Ich blute, also bin ich. Jedoch, das Leid wie das Mitleid bliebe ohne Folgen, außer der einen, daß es keine Folgen hat, außer dem Tod, während sich Büchner des Menschen, je für sich, erbarmt. Das Wort stammt aus dem Evangelium. Das hat Jesus auch gesagt. »Man muß den Menschen lieben, um in das eigentümliche Wesen jedes einzelnen einzudringen; es darf einem keiner zu gering, keiner zu häßlich sein, erst dann kann

man sie verstehen.« Jesus will retten, Büchner verstehen. Beide erbarmen sich. Büchners Sätze sind ein einziges, einzigartiges Zeugnis: sie beweisen, indem sie einleuchten. Der Schmerz ist ein Fels des Atheismus, und er ist ein Existenzbeweis: es tut weh, also bin ich. Büchner erbarmt sich in neutestamentlichem Ausmaß, aber auf naturwissenschaftliche Weise. Büchners Sprache – sein Seziermesser und Schmerzmittel – ist etwas Sonderbares, etwas, das einen Schmerz zugleich stillt und provoziert. Ein Seziermesserschmerz, der zum Verschmerzen führt, aber nicht in jedem Fall. »Erbarmen!« – so hat dieses Seziermesser bei mir gewirkt.
Allerdings ist es ein niederschmetterndes Erbarmen: und das Niederschmetterndste, das nun Georg Büchner in seinem lebens- wie todesnahen Drama zu sagen hat, kommt ganz zum Schluß: da bin ich wieder bei der Anfangsfrage nach dem Logensitz auf dem Revolutionsplatz: Nein, es hat nicht geregnet. Und man sah alles. Und jene, die sich am Anfang nach dem schlechten Platz erkundigt haben, haben jetzt den besten: in der Mitte des Revolutionsplatzes, oben auf der Guillotine, die das unglaublichste Seherlebnis ermöglicht: die öffentliche Hinrichtung, denn die Revolution frißt ihre Kinder. Gräßlicher Fatalismus dieser Geschichte Büchners: Wir sind auf dem Revolutionsplatz und hören, wie »einige Stimmen«, so die Regie-Anweisung Büchners, »Das war schon einmal da; wie langweilig!« rufen, derweil »Männer und Weiber singen und tanzen«, so Büchner. »Die Guillotine ist der beste Arzt«, sie macht dem Schmerz ein Ende. Das sagt Büchner, der behauptet, es sei schmerzlicher, einen Zahn gezogen zu bekommen, als erschossen zu werden. Und als die Köpfe Dantons und Héraults nebeneinander im Guillotinen-Korb liegen, kommt eine einzelne

Stimme, die Stimme Luciles, die gerade ihren Hérault verloren hat: »Da hilft nichts, da ist noch alles wie sonst; die Häuser, die Gasse, der Wind geht, die Wolken ziehen. – Wir müssen's wohl leiden.« Das ist die an den Büchern Hiob, Kohelet und an den Klagepsalmen geschulte Stimme Büchners. »Es lebe der König!« – dann wird Lucile von Denunzianten-Bürgern abgeführt. Die »drei Weiber« aber, von Büchner so genannt, sind seltsame Zeuginnen des Todes, die der bibelfeste Büchner nach dem Bild der drei Zeuginnen am leeren Grab geformt hat. Jene bezeugen das Leben, diese den Tod aber wie:

Erstes Weib: Ein hübscher Mann, der Hérault!
Zweites Weib: Wie er beim Konstitutionsfest so am Triumphbogen stand, da dachte ich so, der muß sich gut auf der Guillotine ausnehmen, dachte ich. Das war so 'ne Ahnung.
Drittes Weib: Ja, man muß die Leute in allen Verhältnissen sehen: es ist recht gut, daß das Sterben öffentlich wird.

So reden Georg Büchners drei Weiber, die offenbar einen guten Platz bekommen und alles gesehen haben.
Und diesen guten Platz gibt es immer noch: beim Fernsehen sitzen wir in der ersten Reihe. Das ist die traurige Aktualität Büchners. Einmal auf der Welt, und dann so! *Dantons Tod*! – mein Gott, wie macht sich Büchner das Sterben schwer. Aber: wie schön und belanglos wird vieles, was ich über den Tod und über das Leben gelesen habe. Schön und belanglos: das Wort ›und‹ ist, wie Büchner sagt, »ein langes Wort«. *Dantons Tod* ist ganz nahe beim Tod, ›troppo vero‹, zu wahr, wie Papst Innozenz X. sagte, als er sah, wie Velázquez ihn gemalt hatte.

Meine Damen und Herren,
Georg Büchner, ein illusionsloser Mensch, der sich dieses Menschen dennoch erbarmt, starb mit dreiundzwanzig Jahren. Das kommt hinzu. Er war ein armer Mensch, am nächsten vielleicht Lenz verwandt; der bedauerte, manchmal nicht auf dem Kopf gehen zu können. Und es ist doch eine Tragödie, daß wir ihn heute feiern, wo er doch tot ist und unter solchen Umständen leben mußte, und – kaum auf der Welt, diese Welt bald wieder verließ. Doch er hat Zeugnisse hinterlassen, Beweise – nicht einmal ein Jahr hat er geschrieben – und zwar nicht nur sein nichtssagendes Grab, an dem ich stand. Er mußte aus einem Staat und einem Land fliehen, das großgeworden war über den Menschenhandel, wo noch vor kurzem Menschen Exportware und Verkaufsschlager waren. Nach einhundertzweiundsechzig Jahren gibt es den Menschenhandel mehr denn je, und die Welt ist eine, die nur noch von Gläubigen und Zynikern als sinnvoll erfahren wird. Letztere behelfen sich mit furchtbaren Sprichwörtern, ›wo gehobelt wird, da fallen Späne‹. Nach zweihundert Jahren wütender Geschichte, die zunächst als Fortschritt deklariert wurden, hat sich die Erde weithin in ein Trümmergrundstück verwandelt, auf dem es noch Inseln und Oasen gibt. Das ist die Erde, die auf meinem Nachttisch steht. Und doch: wir ertragen diese Realität nur, weil wir ahnen, daß diese so real nicht ist (sagt Borges). Sie ist nicht das Ganze. Es gibt auch noch die Hoffnung und die Liebe: es gab auch in *Dantons Tod* Lucile, die allen Zynikern und Protagonisten des Unmenschentums dieser Welt durch ihren Liebestod bewies, daß es die Liebe gibt, die selbst die Hoffnung überlebt. Mag auch der Henker vorerst auf der Guillotine stehen und ein Liedchen vorm Feierabend singen:

»Und wann ich hame geh,
scheint der Mond so scheh ...«
Oh Moon of Goddelau!

Meine Damen und Herren,
ich lebte unter einem Himmel, der kaum größer als meine Sehnsucht war. Denn einmal im Jahr schien die Sonne. So warm war es bei uns. Und ich sah mein Herz schlagen. Das war beim Ultra-Schall. Was sah ich noch? Wie gesagt, die Erde am Morgen neben meinem Bett stehen. Und auch am Abend. Dazu habe ich gelesen, zum Beispiel bei Jacob Burckhardt: »Die berühmtesten Reisenden unserer Tage durchziehen in Afrika und Australien doch nur Länder, deren Umrisse wir schon kennen.« Dazu gibt es jetzt Satellitenaufnahmen von allem. Wo soll da noch Heimat sein? Das Wort Heimat hat aus vielen Gründen keinen Sinn mehr, obwohl es ein schönes Wort ist: auch auf dem sogenannten Land nicht, das immer noch die Illusion nahelegen mag, es gäbe Boden unter den Füßen. Trotzdem habe ich früher zum Heiligen Antonius gebetet, daß ich mich finde. Katholiken wissen, daß dieser Heilige für jene da ist, die etwas verloren haben. Aber ›Heimat‹ hat keinen Sinn mehr, höchstens noch in der Zusammensetzung ›Heimatfriedhof‹, dem letzten Wort, wo Heimat vorkommt, außer ›Heimathafen‹ vielleicht. ›Ende der Welt‹ ist geradezu unsinnig geworden auf einer Kugel, wo der Mensch, also auch ich, allem gleich, nahe und fern ist. Nähe und Distanz bezeichnen eigentlich nichts anderes mehr als die Entfernung vom Zuschauer zum quadratischen Bildschirm. Das will noch nicht in unseren Kopf, der etwa so rund ist wie die Erde.
Auch in Schwackenreute bin ich auf der Welt. Und ebenso die

Menschen, die alle gut verkabelt sind, angeschlossen an das Netz, das aus der Welt eine einzige Provinz macht. Diese Menschen von Schwackenreute, Kreenheinstetten und aus dem Hotzenwald lasse ich ›ich‹ sagen. Das ist mein Erbarmen mit ihnen. Es sind doch auch Menschen! Lasse ich den Pfarrer beim Kirchchorausflug sagen – über Menschen, die aus dem Hinterland der Welt kommen und als Waldmenschen gelten, was auf *malaiisch* ›Orang-Utan‹ heißt. Nur weil ich mich kranker Menschen erbarme, dabei am Ende der Welt, das heißt, auf dem Lande lebe, ist das noch lange nicht Heimat. Es ist die Beschreibung der Heimatlosigkeit des Menschen vor Ort. Und sei es das sogenannte Land mit dem fehlenden Boden unter den Füßen.
Und jetzt noch ein kleines Stück Heimatliteratur: In einer unserer namhaftesten Irrenanstalten befand sich am Ende des Krieges noch ein Lazarett. Im naheliegenden, ummauerten Gartengelände hat einer unserer Irren die amputierten Glieder ausgebuddelt und angeknabbert, bis man sie ihm weggenommen hat. Das war herzlos. Und könnte eine Büchner-Geschichte sein, wenn sie nicht von mir und meiner Heimat und meinen Menschen wäre, die unser Philosoph noch als ›heil‹ bezeichnet hat. Zum Glück gehen die Menschen jetzt auch auf dem Land zum Psychiater. Die Menschen sind so krank wie überall. Es gibt nirgendwo auf der Welt noch besondere Krankheiten: und wäre es bei uns.

Meine Damen und Herren,
am 12. Dezember wurde der sechsmilliardste Mensch auf dieser Welt gefeiert. Es gibt jetzt mehr Lebende als Tote. Und genau so viele Menschen, wie am Beginn dieses Jahrhunderts lebten, haben kein richtiges Wasser mehr. Es ist eine Welt, auf

der es Hunger gibt: am 16.10.99 las ich auf Seite zehn der *Frankfurter Allgemeinen*, daß etwa siebenhundertundneunzig Millionen Menschen, grob gerechnet, nicht genug zu essen hätten. Vor wenigen Wochen fand in Frankfurt die Internationale Automobilausstellung statt, vielbejubelt. Ich las vom »Auto der Zukunft«, »gigantischen Wachstumsraten, vor allem im Luxussegment« und all unseren Erfindungen. Weiter hinten in der Zeitung las ich dann den UNO-Bericht zur Lage der Erde gegen Ende des Jahrtausends unter der Überschrift: »Die Zeit läuft aus«. Als ob das eine mit dem anderen nichts zu tun hätte. »Die fortdauernde Armut und das exzessive Konsumverhalten einer Minderheit« werden im UNO-Bericht für die Lage der Welt gegen Ende des Jahrtausends verantwortlich gemacht. Mit »einer Minderheit«, sind, glaube ich, wir gemeint, die wir vielleicht schizophren, krank oder nur so sind, wie wir sind.

Als Kind wollte ich in die ›Gesellschaft zur Rettung Schiffbrüchiger‹ eintreten, vielleicht aus zwei Gründen: weil ich so weit weg vom Meer lebte, das ich nie gesehen hatte, und weil ich die Welt retten wollte, nein: weil ich wollte, daß alle Menschen genug zu essen hätten und später einmal in den Himmel kämen. Es war ein schiffbrüchiges Jahrhundert. Was tun? – Ein einzelner Mensch kann die Welt nicht retten, aber es genügte ein einzelner, der seine Helfer fand, dieses Jahrhundert zu zerstören, es als ›mißglückt‹ deklarieren zu müssen. Doch »weil der Mensch ein Mensch ist, drum will er was zum Essen, bitte sehr!« (Einheitsfrontlied). Wie mein verehrter schwäbischer Brecht sagt, der den Büchner-Preis leider nicht bekommen hat. Und ich wollte, da ich nicht einmal als Kind die Welt retten konnte, wenigstens daran erinnern, wie sie ist: an die Lage, die wir (im UNO-Bericht) nachlesen können.

Meine Damen und Herren,

1999, das heißt: eine Zeitrechnung, die mit dem Stern von Bethlehem und dem »et in terra pax hominibus«, Büchners »Friede den Hütten!« beginnt, über das »leere Grab« und die »Hand in der Wunde« bis zur weltweiten TV-Übertragung der Öffnung der Heiligen Pforte im Petersdom in der Nacht vom 24.12. zum 25.12.1999 reicht. Auch wenn wir nichts mehr davon wissen: wir rechnen 2000 von 1 an, und 1 das heißt: der Stall von Bethlehem, mit dem Stern als Zeichen der Versöhnung von Himmel und Erde, mit den Weisen aus dem Morgenland als Zeugen für die ganze Welt, diese Welt, die zweitausend Lichtjahre oder mehr vom Stern von Bethlehem entfernt ist. 1999 ist ein Kriegsjahr in Deutschland. Das erste seit 1945. Das allein schon ist traurig; neu ist, daß es dieses Mal die Menschenrechte sind, auf die sich auf seine Weise Büchner berief, die die nun für einen Krieg herhalten müssen, eine traurige Wahrheit: Bombenabwürfe im Namen der Menschenrechte, die Menschen trafen. Die ihr Ziel nicht erreicht haben, den Diktator und seine Günstlinge, die heute abend vielleicht vor dem Bildschirm sitzen und einen Samstagabend-Spielfilm sehen. Auch Büchner hätte durch eine zweite Aufklärung, dieses aufgeklärte, dunkle Jahrhundert hindurchmüssen, das alles bereithielt, zum Beispiel Sätze wie »Arbeit macht frei!« (vielleicht im zynischen Anschluß an Johannes?) oder »Jedem das Seine« und andere Schlüsselsätze (zu diesem Jahrhundert).

Was ist aus jenem Kunstschmied geworden, der diesen Satz: »Jedem das Seine« in Eisen goß und über dem Tor des schönnamigen Buchenwald bei Weimar anbrachte? Woran starb er? Brach ihm das Herz? Lebt er noch? – Vielleicht war dieses Kunstwerk eine Gemeinschaftsarbeit.

Es gibt Menschen, die mit eigenen Augen den Rauch gesehen haben, der zum Himmel über dem schönnamigen Birkenau stieg, und an klaren Tagen wurden schöne kleine Wolken daraus. Ich selbst sah einen Berg von Brillen, durch die einst Menschen die Welt sahen. Ja, dieses zwanzigste Jahrhundert, vom Stern von Bethlehem her gerechnet, bot ein Leben in der Nachbarschaft von Verbrennungsöfen, das Leben in einer unheimlichen Ko-Existenz. Wo soll da noch Heimat sein! Celan hat sie in der *Todesfuge* geortet: »... er schenkt uns ein Grab in der Luft.«
Irina Pawlowna aus Kiew hat mit eigenen Augen gefrorene Menschen als Fackelträger gesehen. Das war bei Babij Jar. Nach Berlin verschleppt, hat sie trotz allem weitergelebt und weitergespielt. Im fünfundachtzigsten Jahr verabschiedete sie sich, zunächst von der Bühne, stand zum letzten Mal vom Flügel auf (Skrjabin auf Steinway), hatte den Faden verloren und entschuldigte sich für alles, vielleicht auch noch dafür, daß sie so viel gesehen hatte, eine Zeugin war, griechisch-deutsch: Märtyrerin. Meine Damen und Herren: »Sie nichts dafir kennen, daß ich geworden bin so alt.«
Was habe ich für einen Platz bekommen? Was habe ich gesehen? Was kann ich bezeugen?
Daß ich vom Dreirad gefallen bin, daß ich zwei Zähne verloren habe, daß es beim Zahnarzt weh getan hat? Daß ich die Slums dieser Welt gesehen habe im Vorbeifahren auf dem Weg vom Flughafen ins Hotel, Bombay, New York, Rio. Und daß ich weiß, daß es das gibt: Paläste und Hütten in Sichtweite, und Mauer an Mauer, einhundertfünfundsechzig Jahre nach Büchner. Ich habe die Erde auf dem Nachttisch gesehen. Eine Adolf-Hitler-Straße blieb uns erspart, weil es noch keine Straßennamen gab bei uns;

aber Mengele gab es, eine Landmaschine, die mitten in den Feldern meiner Erinnerung steht, und stehen wird. Mengele, das war ein Fahrzeug, mit dem die Ernte eingebracht wurde.
»Jedem das Seine« – und andere Schlüsselsätze dieses Jahrhunderts. Alle Uri-Uri-Raboti-Kommandos, die Schneller!-Schneller!-Kommandos, und »Arbeit macht frei« – hatten diese Menschen umsonst Todesangst?
Mein alter Baumeister! – sagte, man muß beim Bauen auch ans Abreißen denken. Ich las den Artikel zum achtzigsten Geburtstag und dachte mir: das wird das letzte Mal sein, daß du in die Zeitung kommst. Das nächste Mal werde ich deine Todesanzeige lesen. Und so war es.
Der berühmte Professor! – Anatom, starb auf der Straße, ohne daß er Papiere bei sich gehabt hätte. Das war keine fünf Jahre nach seiner Emeritierung. Er wurde in sein Institut eingeliefert und lag auf dem eigenen Seziertisch, mit einem Zettel um den Fußknöchel: unbekannter Toter.
Mitte siebzehntes Jahrhundert! Dominicus Mayer aus dem Nachbardorf. Wurde Jesuit und ging in ferne Länder. Sein Dorf sah er nie mehr wieder. Dafür hängt ein Bild in der Kirche, gemalt von Indianern, zum Dank, daß sie gerettet wurden, wo sie sonst nur einen gewöhnlichen und unsinnigen Tod in den Minen von Bolivien gestorben wären. Sein Leichnam verweste nicht, das war das Hauptwunder, auf das man in Rom aufmerksam wurde. Ein Heiligsprechungsprozeß kam in Gang, Material wurde gesammelt. Zeugen befragt. Man stand kurz vor dem Abschluß. Aber das Schiff mit den ganzen Unterlagen, Zeugnissen von Zeichen und Wundern ging auf dem Weg nach Rom unter. Unser Heiliger wurde niemals heiliggesprochen. Hat er also umsonst gelebt?

Das war alles auf einer Welt, auf der Blaise Pascal mit seinem Memorial auf dem Leib herumlief. Das mit dem Wort »Feu!« begann. Mit jenem Element, mit dem auch Georg Büchner nahe verwandt war, und das ihn verzehrte, jung und brennbar, wie er war. Und Pascal, der eine Rechenmaschine erfunden hat, meinte mit ›Feu!‹ den Gott Abrahams, Isaaks und Jacobs, auf den der Erfinder der Rechenmaschine hoffte, und von dem er lebte. Und nicht auf den Gott der Philosophen.

Es gab auch in diesem Jahrhundert neben der Hoffnung auch noch die anderen alten Elemente: das Wasser, das Hunderten von Millionen Menschen zum Leben fehlt, die Erde, die keine Heimat mehr ist, und die Luft, auch für mich. Und es gab meinen Großvater, der kurz vor seinem Tod sagte: So viel Luft ist auf der Welt! Nur nicht für mich. Das ist gerade zwanzig Jahre her. Er lag im Bett. Es war ein schöner Tag Anfang September. Der Hafer stand noch, und er konnte nicht auf dem Feld sein. Die letzte Frage, vom Sterbebett aus: wie weit sie zu Hause mit der Ernte seien. Die Frage mag unverständlich sein, aber ich kann sie bezeugen.

Als ich fünf Jahre später mit der Bahn durch Südchina fuhr, *sah* ich Menschen auf den Feldern stehen, ganz wie damals zu Hause. Ich glaube, sie hätten die Frage meines Großvaters verstanden, ja, vielleicht auf ihrem Totenbett auch diese Frage gestellt.

Im Grunde war alles nach Hause geschrieben

Dankrede zur Verleihung des Marie-Luise-Kaschnitz-Preises

Im Grunde war alles nach Hause geschrieben, in das Nebelland, las ich, Satz am Ende eines Buches wie eines Lebens, und wußte nun auch, daß dies mein Satz war. Er stand bei der Kaschnitz. »Die Kaschnitz«, das hörte sich wie ein schönnamiger südsteirischer Alpengipfel an – oder wie ein Gewässer jenseits der Elbe. Die Kaschnitz: das hätte auch nur eine Anhöhe sein können oder ein Fluß. Ein Ort. Wahrscheinlich ist Kaschnitz selbst ein Ort. Er stand in meinem Lesebuch. Auch die Gedichte, die unter diesem Namen standen, waren Orte: »Genazzano« und »Herbst im Breisgau«. Eine ortskundige, ortserfahrene Person muß diese Dichterin gewesen sein. Viel herumgekommen, geboren in Karlsruhe, wenig später schon Potsdam, Berlin, Weimar, Wien, München, Rom, Frankfurt, Rom. Davon konnte ich nur träumen! Dazu schrieb sie auch noch: Gedichte, die Orte waren, Bücher, die »Orte« hießen. Und noch genauer: »Engelsbrücke«, zum Beispiel.

Gerade von Rom konnte ich, dermaßen in einer Gegend festsitzend, die bis heute keinen richtigen Namen hat, vorerst nur träumen. Meine Gegend hatte nur einen Notnamen (der Geographen), hieß »zwischen Oberer Donau und westlichem Bodensee«. Immerhin von Hölderlin besungen (»Der Isther«, etwa: »Die Donau«), der hier auf dem Weg nach Hauptwil vorbeikam (zu Fuß). In Meßkirch wird er nicht auch noch gewesen sein; einzig und allein dorthin kam ich mit dem Schulbus, von meinem Dorf aus, das aufgrund der Ironie meines Schicksals Rast (dreihundertundachtzehn Einwohner damals, sechshundertundacht Meter über dem Meer, an der Volksschule, immer noch) hieß und heißt. Die »Engelsbrücke«, die »Römischen Betrachtungen« von Marie Luise Kaschnitz, kannte ich damals noch nicht. Zum Glück! Denn nach der verheißungsvollen Überschrift: »In Rom zu leben« kam ein erster Satz, der lautete: »Es ist schwer, in Rom zu leben.« Das hätte ich nicht gelten lassen, damals. Dagegen hätte ich protestiert. Hätte der Kaschnitz vielleicht vorgeschlagen, mit mir zu tauschen, mit dem Heideggergymnasium morgens und der Stallarbeit abends.

Die Wege zwischen Rast und Rom

»Lebt in Rom« hieß es, verheißungsvoll, in meinem Lesebuch, und so wird es da stehenbleiben. Ich aber fuhr, damals meist schweren Herzens, ins Zentrum des badischen Geniewinkels. Nachmittags sah ich, von meinem kindlichen Beobachterposten aus, den ich, wer weiß, vielleicht nie verlassen habe, an der Bushaltestelle, an Füssingers Holzschopf (von wo aus wir Kinder aufs Land zurückgekarrt wurden), manchmal den Heidegger-Fritz mit seinem berühmten Bruder vorbeigehen. Unser Busfahrer war wohl ein Träumer, da er sich an den Wolken am blauen Himmel freute. Er war der erste Mensch, der mich auf die Schönheit des konkreten Himmels verwies, auf die Wolken wie George in seinem Gedicht »der reinen wolken unverhofftes blau«. Der Busfahrer war ein Träumer, der sich einige Jahre später erschossen hat. Mich hat er immer wieder aufs Land gefahren, auf winzigen Straßen und Nebenwegen, die noch nicht einmal geteert waren. Für die wenigen Kilometer brauchten wir fast eine Stunde, aber: es war auf dem Weg nach Rom. Rast lag, von Meßkirch aus gedacht und geträumt, zehn Kilometer näher bei Rom. Ich fuhr jeden Tag nach Hause, nach Rast, aber auch ein Stück weit Richtung Rom.

Als ich gesagt bekam, ich solle den Marie-Luise-Kaschnitz-Preis erhalten, war das naheliegende Buch aber »Beschreibung eines Dorfes«. Das Buch kannte ich, und das Dorf kannte ich auch: Bollschweil im Hexental bei Freiburg. Das Haus, in dem Marie Luise Kaschnitz bis 1974 immer wieder lebte, hatte ich von Freiburg aus, wo ich über zwanzig Jahre gelebt habe oder nicht, immer wieder im Vorbeifahren gesehen und jedesmal »Marie Luise Kaschnitz« dazugedacht. Leider beschreibt die Dichterin ihr Haus (einen wunderbaren Herrensitz, wohl Goethe-Zeit) nicht, vor allem seine, ihre Innenräume nicht, so daß ich darüber nie etwas erfahren habe, ich neugieriger Mensch.

Die Dörfer aber, Bollschweil und meines, konnte ich mittlerweile vergleichen. Außerdem hatte ich mittlerweile auch eine Art Dorfbuch geschrieben: »Ich war einmal«. Ich sah, daß die Kaschnitz – auch zu meinem Glück – ganz anders an ihr Dorf heranging. Erstens sagt sie gar nicht: mein Dorf. Beschreiben will sie, sagt sie. Höchst erstaunlich: ein Beschreibungsversuch, ein katalogisierender Blick, Bestandsaufnahme eines Dorfes. Vielleicht hat sie, die Autodidaktin, diese Methode von dem berühmten Wiener Archäologen Kaschnitz, ihrem lebenslänglich geliebten Mann und Namensgeber, übernommen, aus Liebe. Herausgekommen ist ein Gedicht, »Beschreibung eines Dorfes« genannt, ein Programmgedicht, das schönste lange Gedicht, das ich aus diesem Jahrhundert aus dieser Sprache kenne: »Eines Tages werde ich den Versuch machen, das Dorf zu beschreiben. Ich werde überlegen, womit anfangen, mit dem

Oberdorf, mit dem Unterdorf, mit dem Friedhof, mit dem Wald. Oder mit den Höhlen, die hoch oben am Ölberg liegen … Ich werde besonders ausführlich über die Rebhänge sprechen …, ich werde zuerst die schönen Waldränder bekanntgeben.« Das ist der Ton der Kaschnitz-Gedichte, der Kaschnitz-Ton. Der Klassik geneigt, und zwar der griechisch-römischen, ist dies der Blick einer gelernten Römerin auf ein Dorf im Breisgau, das sie nicht »mein Dorf« nennt. Daher heißt das Buch auch nicht »Beschreibung meines Dorfes«, sondern »Beschreibung eines Dorfes«, welche von der sogenannten Dorfprosa so weit weg ist wie Bollschweil von Rom, mindestens zwei Flugstunden.

Insgesamt plant Marie Luise Kaschnitz einundzwanzig Arbeitstage, und so viele Kapitel hat die »Beschreibung«. Genauso viele Kapitel wie das Evangelium des Johannes, eines weniger als die Apokalypse. Das einundzwanzigste Kapitel der Kaschnitz schließt mit einer Apokalypse, die aber die Formel »Was bald geschehen wird« (Apokalypse 1,1) gleich dreimal widerruft: »Was aber nicht geschehen wird, nicht geschehen wird, nicht geschehen wird.« Was aber wird nicht geschehen und doch geradezu ausgemalt? »(Am einundzwanzigsten Arbeitstag werde ich beschreiben,) wie nach einer möglichen Katastrophe nahezu alles Leben erlischt …, wie vom Schlamm und vom Wasser alles bedeckt ist, die hölzernen Jünger ertrunken und in Sankt Ulrich der runde Taufstein mit den zwölf Aposteln und dem Christus in der Mandel von fremden Fischen umspielt.« So endet das Buch: eine Unheilsprophetin, die ihre Vision widerruft, aus Liebe zu dieser Welt, mich erinnernd an das Ende von Johann Peter Hebels unvergänglichem Gedicht »Die Vergänglichkeit«. Auch Hebel hat, ganz in der

Nachbarschaft von Bollschweil, in Sichtweite von Belchen und Blauen, das Ende in einen universal-apokalyptischen Horizont gestellt, vielleicht aus dem höchst persönlichen Albtraum heraus, daß das Nächste und Liebste untergehen könnte, ja verlorengehen.

Das Dorf, das Marie Luise Kaschnitz beschrieben hat, ist untergegangen, und zwar auf dieselbe Weise wie meines auch. Die Unheilsvision hat sich, zum Teil, schon erfüllt. Daher ist ja der größte Teil ihres Beschreibungsversuchs eine Bestandsaufnahme. (Für wen?) Schon in der »Engelsbrücke« las ich: »Kleiner Fortschritt in den nun schon seit Jahrzehnten immer wieder auftauchenden Überlegungen, wie das Dorf B. im Breisgau dichterisch zu erfassen und ... festzuhalten wäre.« Und weiter: »Das Leben den einzelnen Gestalten in den Mund legen (dem Wirt, dem Lehrer, den Bauern und ihren Frauen, dem Gärtner, der katholischen Schwester, dem Straßenwart, dem Küster, dem Totengräber, dem Bienenvater, dem Waldhüter).«

Das Wort Küster sagt mir, zum Beispiel, daß Marie Luise Kaschnitz nicht die Sprache dieses Dorfes gesprochen haben kann. In Bollschweil heißt das Wort wohl auch, wie überall im Süden des deutschen Sprachraumes: Mesner. Der Küster ist norddeutsch. Der Totengräber hingegen ist gesamtdeutsch-überall. Was sie ihm wohl in den Mund legen wollte? Schönes hätte ich vom Gärtner erwartet. Aber was ist mit dem Bienenvater? Der gute alte Bienenvater! Ihn habe ich auch gekannt. Er kam, von Meßkirch her, fast jeden Tag nach Rast gefahren und verschwand bei seinen Bienen.

Auch ich wollte einmal, vor zwanzig Jahren, in diesem Dorf B. wohnen, das schön im Hexental liegt, was aber, wie die Kaschnitz am siebzehnten Arbeitstag näher beschrieben hätte, nicht von Hexen, sondern von Hecken kommt. Aber ich habe die Wohnung nicht bekommen. Ich hoffe, es war wegen meines Autos und nicht meinetwegen. Das Dorf war, schon zu Lebzeiten der Kaschnitz, zerstört wie meines auch, bis zum Friedhof hin, wo man die alten Grabsteine abgeräumt hat und wo nun eine neue Grabsteinmode, ein Grabsteindesign, vorherrscht. Meine neue Wohnung hätte im Neubaugebiet gelegen, in einem verwechselbaren Zweifamilienhaus, das, wie Marie Luise Kaschnitz in ihrem Buch auch schreibt, keine Geschichte haben wird.

Ein glückliches Leben muß keine Sprache finden

Vor einigen Tagen las ich in der Zeitung, daß der mehrfache Olympiasieger aus Jugoslawien, dessen Namen ich nicht aussprechen kann, hundert Jahre alt wurde: zweimal Gold, zuletzt noch einmal Silber. Das war am Reck in Berlin 1936. Das erstaunlichste am Bericht über diesen Helden, der in Slowenien einen Bekanntheitsgrad von hundert Prozent besitze, wie ich las, das schönste, für mich wenigstens, war ein Nebensatz, der sagte, daß dieser Mann sich nicht erinnern könne, jemals krank gewesen zu sein. Welch ein Leben! Aber ich fürchte, so ein Leben eignet sich nicht für eine Biographie und schon gar nicht für eine Autobiographie. Ich denke jetzt von den Goldmedaillen her.

Vielleicht hat er sie aber doch geschrieben oder schreiben lassen, sogenannte Memoiren, die groteskeste Form des Schreibens überhaupt für mich, wenn ich das Reden-Schreiben abziehe: sich von einem anderen das Leben schreiben lassen und es als das eigene ausgeben? Als ob das Leben beschreibbar wäre!

Es ist aber das Leben, das glaube ich, etwas Unbeschreibbares, ja Unbeschreibliches. Ein derart glückliches Leben wie das eines Olympiasiegers, der nun hundert Jahre alt geworden ist, lebt und nie krank war, läßt sich sprachlich nicht ausdrücken, von mir wenigstens nicht. Ein glückliches Leben muß keine Sprache finden. Außerdem halte ich das Glück für literarisch uninteressant. Es ist ja gut, daß es dies auch gibt: ein Leben, so gesund wie glücklich. Einen Olympiasieger und Menschen, der alles anders erfahren hat und also ein seltenes Beispiel ist und hoffentlich kein Buch schreiben wollte oder mußte am Ende dieses Jahrhunderts.

Wie oft habe ich in meiner ländlichen Umgebung auf den Höhen über dem westlichen Bodensee, im Hinterland, auch Hinterland des Schmerzes, die Drohung: Ich schreibe noch einmal ein Buch! gehört. Was nie geschehen ist. Oder auch den Satz, vielleicht noch öfter, als Klage gehört: Über dies alles müßte ich ein Buch schreiben! Was nie geschehen ist. Also habe ich, vielleicht auch stellvertretend, Stellvertretersätze geschrieben? Für diese Welt, die ihren Schmerz doch nicht formuliert hat? Ich habe es wenigstens versucht, ihrem Schmerz und ihrer Sprachlosigkeit ein Ich zu geben: »Mit meinem rotfleckigen Hotzenwäldergesicht konnte ich hier« (das heißt in Lissabon, in der Welthauptstadt der *Saudades* und der wandelnden *Fados*, wie mein Erzähler in seinem »Ausflug nach Afrika« sagt. Lissabon: ein Ort, der in »Orte« von Marie Luise Kaschnitz auch enthalten ist) »nicht auftrumpfen, mein Gesicht war nicht die Welt, sondern der Hotzenwald, in ihm spiegelte sich nicht die Welt, sondern die Hinterwelt, ich kam aus dem Hinterland des Schmerzes.« Schrieb ich, weil ich die Vergeblichkeit einfach nicht gelten lassen wollte oder konnte. Wer wird dieses Buch aus dem Hinterland der Erinnerung schreiben, wenn nicht du selbst! Dieses Buch wird dir kein anderer schreiben, dachte ich. Und: es müßte doch zu schreiben sein? Und auch: es müßte doch geschrieben werden. Also begann ich mit »Ich war einmal«. Das war mein Ich-werde-noch-einmal-ein-Buch-schreiben.

Dann habe ich einfach »ich« gesagt und geschrieben. Mich hineinversetzt in meine Welt, aber nicht, um mich lustig zu machen über sie. Wie das schmerzte! Darüber müßte ich ein Buch schreiben! Ich hatte doch nur immer wieder diesen Satz gehört, der immer wieder mit denen, die ihn gesagt hatten, untergegangen war. Ach, der Satz hatte immer nur das genaue Gegenteil besagt: Ich werde niemals ein Buch schreiben. Ich werde nie sagen (können), wie es war. Eingereiht werden auf unserem schönen Heimatfriedhof.

Meine Menschen haben kaum Sätze hinterlassen. Und diese auch nur mündlich, in der sogenannten Muttersprache, die ich, nebenbei gesagt, als meine erste Fremdsprache empfand. Sprache, Muttersprache und Fremdsprache fielen zusammen in meinem Mund. Schon meine erste Sprache war eine erste Fremdsprache. Ich hörte von einer Frau im Dorf, daß ihr Großvater kurz vor seinem Tod (um 1900) gesagt habe, daß das Leben (trotz allem) kurz gewesen sei, so kurz wie einmal das Dorf hinauf und hinunter. Dieser Satz ist der einzige, der mir von diesem Menschen geblieben ist. Ich erinnere überhaupt ganz wenige Sätze von meinen Menschen. Ich habe mehr Photos als Sätze. Von einigen existieren überhaupt keine Sätze und nur noch Fotos, die der Erinnerung freien Lauf lassen und alles nur festhalten.

Trotz allem, das Leben war kurz – und schmerzlich. Dieser Schmerz ist vielleicht einem Phantomschmerz zu vergleichen.

Er hatte etwas, ihm fehlte etwas. Ich hatte etwas, mir fehlte etwas. Ist es möglich, daß das Leben zur Sprache kommt? Und kommt die Sprache zu Hause an? Denn »im Grunde war alles nach Hause geschrieben«, sagt Marie Luise Kaschnitz auf der letzten Seite ihrer »Engelsbrücke«. Und ich, am Ende meiner Rede angekommen, sage dies auch.

Liebe Berger und Enkheimer

Antrittsrede als Stadtschreiber von Bergen-Enkheim

Liebe Berger und Enkheimer, meine Damen und Herren!

Warum ich nicht Fußballspieler geworden bin, sondern Stadtschreiber von Bergen und Enkheim
oder
Wie es so weit kommen konnte beziehungsweise gekommen ist, daß ich heute vor Ihnen in diesem Zelt stehe

Eigentlich wollte ich Papst werden. Meine Eltern sahen dies ein, und sie fügten sich. Tatsächlich habe ich es dahin ein schönes Stück weit geschafft. Immerhin habe ich in Rom Theologie studiert und trug auch schon das erste und unterste der hohen Gewänder. Einmal war ich in Privataudienz bei Paul VI., der nun doch nicht mein Vorgänger geworden ist. Der Papstphotograph Felici hat mehrere Photos gemacht, das schönste davon werde ich in meinem Dienstzimmer im Stadtschreiberhäuschen aufhängen. Gestern schon hat mir Jörg Steiner, schweren Herzens, die Wand gezeigt.
Doch was hätte ich als Papst getan?
Und was werde ich als Stadtschreiber tun?
Ich weiß schon, daß ich Eure Wirtschaften aufsuchen werde; und schreiben, das will ich auch. Schreiben schon deshalb, weil ich nicht reden kann, jedenfalls nicht so, wie ich's sollte. Und damit bin ich schon wieder bei der Überschrift meiner kleinen Dank- und Entschuldigungsrede: Ich muß Ihnen doch sagen,

wie es dazu kommen konnte, daß ich nun als Stadtschreiber vor Ihnen stehe:
Vielleicht, weil ich niemals gelernt habe, Fußball zu spielen. Und dies, weil ich aus Rast komme, einem Dreihundertseelenort, der niemals Mannschaftsgröße erreichte, auf der Höhe über dem westlichen Bodensee in der Nachbarschaft Martin Walsers in Sichtweite der Ostschweizer und Montafoner Alpen. Ich muß auf die Fußballweltmeisterschaft und den Schnee von gestern zu sprechen kommen. Am Tag des Endspiels war ich zur Übertragung zusammen mit befreundeten Ehepaaren zu einem befreundeten Ehepaar eingeladen. Ich wollte abwehren: dann könnt Ihr genausogut meinen Hund einladen. Warum nicht, hieß es. Bring ihn mit.
Es war ein schönes Spiel, ich glaube 2 x 45 Minuten, und ich freute mich, zusammen mit meinem Hund und den Ehepaaren über den Sieg der Franzosen. Ja, Sieg. Sie haben geschossen. Volltreffer, Schuß und Sieg! Ein paar Tage zuvor waren wir besiegt worden. Vom Balkan, den Kroaten! – Zurecht, sagte ich. Diese verdrießlichen Gesichter! Dieser Matthäus! Und zum ersten Mal die Fußballhymne auf englisch! Die deutsche Nationalmannschaft! Zurecht, sagte ich meinem Hund, haben die gegen den Balkan verloren, sagte ich meinem Hund, der national gesinnter ist als ich, zudem sehr auf die Sprache und ihre Zwischentöne achtet. Ich weiß nicht, was mein Hund gemacht hat: ich, jedenfalls, habe Gott gedankt, daß die auf dem Fußballfeld verloren haben. Verloren, ja, verloren, um in der kriegerischen Terminologie zu bleiben.
In meinem Jahrgang – 1954, der für Raster Verhältnisse äußerst geburtenstark war, gab es fünf Jungen und sechs Mädchen. In dieser Formation war im Prinzip alles möglich, nur nicht Fuß-

ball. Zu schweigen von einer ordentlichen Fußballmannschaft, die, wenn ich mich nicht täusche, aus elf Mann besteht, wobei ich nicht weiß, ob dabei der Torwart mitgezählt ist. Und mit unseren elf Leuten hätten wir noch lange keine feindliche Mannschaft gehabt. Auch war unser Gelände zu uneben: es war kein richtiger Fußballplatz möglich auf unserem Dorfterritorium. (Vielleicht waren aber auch die Wiesen nur zu schade für so etwas?)

Dafür waren andere Spiele möglich, und Spiele, wozu man nicht vollzählig sein mußte, haben wir auf unseren geteerten und verunstalteten Bauernhöfen gespielt. Und was war mit der Schule?

Es waren acht Klassen, die in einem einzigen Raum von einem einzigen Lehrer in den Grundrechenarten, im Lesen und Schreiben (doch noch nicht im Sprechen) der deutschen Fremdsprache unterrichtet wurden. Das waren meine ersten vier Schuljahre. Dann kam – trotz allem – das Gymnasium von Meßkirch, einer uralten Stadt von knapp zweitausend Einwohnern um 1900, aus der die Großmutter von Kant, aber auch der Philosoph Heidegger persönlich stammte, der jahrzehntelang die größte Bedrohung, aber auch das Ärgernis für die ortsansässige – oder ich sage hier in Bergen-Enkheim lieber: benachbarte Frankfurter Schule war. In Meßkirch war Fußball möglich, Meßkirch hatte Mannschaftsgröße, doch am Heideggergymnasium gab es (noch) keinen Unterricht im Fußball; und ich wäre nun auch schon zu alt für dieses Spiel gewesen. Es blieb beim sogenannten Völkerball, einem sogenannten Weiberspiel, das schon zu viert möglich war.

Die benachbarte Frankfurter Schule … Bergen-Enkheim und das kleine Dorf aus dem siebten Jahrhundert südlich von Meßkirch, in dem ich gehen und stehen lernte, haben ja eine Gemeinsamkeit: wir wurden von der Administrationsfurie aufgefressen, wenn auch nicht ganz: es gibt uns immer noch, wie die Chinesische Mauer, das einzige Bauwerk, das angeblich mit bloßem Auge vom Mond aus sichtbar ist. Die Administrationsfurie … Haben Sie die neueste Friedhofsverordnung gelesen? – Wahrscheinlich nicht. Bei der sogenannten Verwaltungsreform im Bindestrichland Baden-Württemberg – Reform, was für ein schönes Wort! – wurden wir einer sogenannten größeren Verwaltungseinheit zugeschlagen, genauso wie Bergen-Enkheim, undemokratisch-ungefragt übrigens; und nun wurden aufgrund der neuen Friedhofsverordnung die Grabsteine vermessen auf ihre Standfestigkeit hin. Bei drei Toten im Jahr die Anschaffung eines teuren Gerätes, der sogenannten Rüttelmaschine, für zehntausend Mark und bei einem Verwaltungsaufwand von wohl Hunderttausenden Mark.

Die sogenannte Verwaltung von uns wurde früher vom Bürgermeister nach der Stallarbeit bestritten, er hat dafür eine Entschädigung bekommen. Doch so ging es auch. Bis vor geraumer Zeit waren die Senatorenämter, also die Minister in Bremen, noch ehrenamtlich. Das weiß ich von meinem – unvergessenen – ersten Mäzen, der Senator in Bremen war.

Ich komme, das wissen Sie nun, aus Rast, und bin eher rastlos. Rast hieß, wie zum Hohn auf mich, der Ort. Wegen der erzwungenen Seßhaftigkeit – bis zu meinem achtzehnten Lebensjahr habe ich ohne eine Ausnahme jede Nacht in diesem Rast verbracht – entstand eine Sehnsucht und ein Fernweh, das ich bis in dieses Zelt hinein nicht überwunden habe.

Der Name *Rast* ist heute für mich ein *Memento Mori*, eine Erinnerung daran, daß ich rastlos bin auf der Welt, und daß dieser Ort ohne Palmen, der zudem völlig von Wäldern umstanden, wenn nicht umzingelt ist, meine Rastlosigkeit zu verantworten hat, sage ich in meiner ganzen, und doch anhänglichen Ungerechtigkeit. Wenn wir irgendwo hinwollten, mußten wir erst einmal zum Wald hinaus. Das Glück lag von Anfang an hinter diesem Wald, den ich schon als Kind fürchtete, obwohl ich an sich ein Liebhaber der Natur und ihrer Schönheit in jeder Form bin, denkbar weit weg: das Glück. Ein schöner Ort, dieses Rast, trotzdem: das kann doch nicht alles sein! dachte ich schon früh. Mich zog es nicht in den Wald, sondern aus dem Wald hinaus, ans Wasser, ja ins Wasser. Vielleicht, weil ich davonschwimmen wollte.

Und nun Bergen und Enkheim, eine Station, auf die ich mich freue, und von der aus man auf die schöne Skyline, sage auch ich, von Frankfurt hinabschauen kann.

Daß mit dem Stadtschreiberfest auch ein Viehmarkt verbunden ist, der letzte im Frankfurter Raum, finde ich wunderbar, hat mich aber auch wehmütig gemacht. Ich kann mich erinnern, daß noch in meinen jungen Jahren jeder Viehmarkt ein Fest war. Die Verbindung Stadtschreiber-Viehmarkt paßt dieses Mal besonders gut, da es sich beim neuen Stadtschreiber um einen handelt, dessen Vorfahren Vieh- und Pferdezüchter waren. Ich bin zum Beispiel ein Urenkel von Theobald Stadler, der ein bedeutender Pferdezüchter war, und mehrfach mit Staatspreisen ausgezeichnet wurde, so mit dem Großen Badischen Staatspreis, den wir mit allen anderen Auszeichnungen aufbewahren und den ich neben das Papstphoto im Dienstzimmer im Schriftstellerhäuschen aufhängen werde. Seine Frau, meine Urgroßmutter Antonia Nesensohn hingegen stammte aus einer Viehhändlerdynastie und wurde eines Tages

von ihrem Vater auf unserem Hof abgeliefert. So die mündliche Überlieferung der Geschichte.
Und das Schreiben?
In dem schon genannten Buch *Mein Hund, meine Sau, mein Leben* erklärt der Erzähler sich und seine Lage etwas anders: »Man hat mir nie die Wahrheit gesagt, aber heute weiß ich: man hat mir Frederic damals auch noch auf den Tisch gestellt, als Wurstsuppe, mit den geplatzten Schwarzwürsten, die in dieser Suppe schwammen. Damals muß ich den Verstand verloren haben, denn unmittelbar darauf begann ich zu dichten. So begann es mit der Schriftstellerei … Ich war noch ein Kind, und zwar ein gezeichnetes. Der Tod dieses Lebensgefährten auf Zeit machte mich zu einer Art Schriftsteller, in jenem Augenblick, der mir die Sprache verschlagen hat.«
Immer, wenn ich gefragt werde, was sind Sie? sage ich: nichts. Und wenn ich gefragt werde: Was machen Sie? dann sage ich: Gulasch. (Auch wenn ich genausoviel vom Kochen wie vom Fußballspielen verstehe) – Woran arbeiten Sie gerade? – Ich bereite ein Gulasch nach althabsburgischem Rezept vor. Eine Lieblingsfrage, die mich doch erschlagen sollte, ist auch: Und wovon leben Sie? Wenn ich das wüßte!
Es gab Zeiten, da war mein einziger Vertrauter mein Hund. Er war zeitweise der einzige Mensch, der mich verstand.
Ich fasse zusammen:
Obwohl ich erstaunlicherweise immer wieder mit Fußballspielern, die ich nicht einmal dem Namen nach kannte, verwechselt wurde, habe ich nie etwas von Fußball verstanden.
Vielleicht habe ich mich auch deswegen in andere Gegenden geflüchtet, bis hierher ins Zelt, zu Ihnen.
Dazu kam die alte Sprachlosigkeit, und alles, was mir die Spra-

che verschlagen hat, auch die Unrast von Rast her, all dies, so daß mir nichts anderes übrigblieb, als zu schreiben. So muß ich mir meine Welt erklären, und auch das Glück und das Schöne, wofür ich Ihnen, die Sie mich als den fünfundzwanzigsten Stadtschreiber von Bergen und Enkheim herausgefischt haben, und Ihnen allen fürs Zuhören, von Herzen danke.

Erinnerung an Bergen

Kein Gedicht

Für Monika Steinkopf

Kaum hinter dem Schwackenreuter
Wäldchen, staunten wir über
die Größe der Welt.
Das Frühjahr war immer so
spät bei uns, daß es erst
im nächsten Jahr blühte.
Einmal im Jahr schien die
Sonne. So warm war es bei uns.
Unten am See galten wir als
Waldmenschen, malaiisch:
Orang-Utan.
Ich war so groß wie eine
Schwertlilie, und das Heu roch
nach der unglücklichen Liebe
des Himmels zur Erde.
Erinnerung, zweite Gegenwart:
Dinge, die im Vorbeigehen
zurückkehrten.

Das fiel mir auf der Stadtschreibertreppe
von Bergen ein. In Ermangelung des
Meeres war der Himmel über
mir mein Ozean, und die Jumbo
Jets meine Zeugen, Ozeandampfer,
die dieses Blau befuhren.

II. LESEN

Antwort auf die Frage, ob es einen Text gibt, der mein Leben bestimmt oder verändert hat

Johann Wolfgang Goethe

AN DEN MOND
(1. FASSUNG)

Füllest wieder 's liebe Tal
Still mit Nebelglanz
Lösest endlich auch einmal
Meine Seele ganz

Breitest über mein Gefild
Lindernd deinen Blick
Wie der Liebsten Auge, mild
Über mein Geschick

Das du so beweglich kennst
Dieses Herz im Brand
Haltet ihr wie ein Gespenst
An den Fluß gebannt

Wenn in öder Winternacht
Er vom Tode schwillt
Und bei Frühlingslebens Pracht
An den Knospen quillt.

Selig wer sich vor der Welt
Ohne Haß verschließt
Einen Mann am Busen hält
Und mit dem genießt,

Was den Menschen unbewußt
Oder wohl veracht
Durch das Labyrinth der Brust
Wandelt in der Nacht.

AN DEN MOND
(2. FASSUNG)

Füllest wieder Busch und Tal
Still mit Nebelglanz,
Lösest endlich auch einmal
Meine Seele ganz;

Breitest über mein Gefild
Lindernd deinen Blick,
Wie des Freundes Auge, mild
Über mein Geschick.

Jeden Nachklang fühlt mein Herz
Froh- und trüber Zeit,
Wandle zwischen Freud' und Schmerz
In der Einsamkeit.

Fließe, fließe, lieber Fluß,
Nimmer werd' ich froh,
So verrauschte Scherz und Kuß,
Und die Treue so.

Ich besaß es doch einmal,
Was so köstlich ist!
Daß man doch zu seiner Qual
Nimmer es vergißt!

Rausche, Fluß, das Tal entlang,
Ohne Rast und Ruh,
Rausche, flüstre meinem Sang
Melodien zu!

Wenn du in der Winternacht
Wütend überschwillst
Oder um die Frühlingspracht
Junger Knospen quillst.

Selig, wer sich vor der Welt
Ohne Haß verschließt,
Einen Freund am Busen hält
Und mit dem genießt,

Was von Menschen nicht gewußt,
Oder nicht bedacht,
Durch das Labyrinth der Brust
Wandelt in der Nacht.

Die Liebe ist ein Glaube, der Berge nicht versetzt.
Aber dieses Gedicht hat das Leben immer wieder leichter gemacht, als es tatsächlich war. Es war zuerst, vor fünfundzwanzig Jahren, ich war achtzehn, die zweite Fassung von dieser lebenserleichternden, wenn nicht lebensrettenden Qualität. Die Worte von *An den Mond* hatten Kraft und Gewalt wie nur noch vielleicht Gebete oder Worte Gottes in einem aussichtslos scheinenden Fall. *An den Mond* hat geholfen; und zwar nicht so, daß ich bekommen hätte, was ich wollte, sondern auf jene Weise des Einverstandenseins mit dem, was doch nicht zu ändern ist, wie es *An den Mond* (und, rührseliger, aber fast so schön, *Die Fledermaus*) feststellt.
An den Mond hat mich getröstet und geheilt. Es hat mich, wie schon seinen Verfasser, mit seinem wunderbaren Gelegenheitsgedicht getröstet. Mich meiner Lage zu fügen, mich zu ergeben, mich zu schicken: das hat mir *An den Mond* gebracht. Seine Worte haben einen Berg versetzt, und ich blieb. An den Mond … es geht ja gar nicht um den Mond. Aus dem Mond an sich mache ich mir gar nichts. Doch wehe, das Gedicht hätte *An Luna* geheißen!!
Klar, daß ich dieses Gedicht bald auswendig kannte, *by heart*, wie es so schön, weil genau, auf englisch heißt. Es war die zweite Fassung mit ihrem epischen, eben den Fluß nachahmenden Fließen, mit ihrem Gespräch zwischen Ich und Mond, Fluß und Fließen, das in der Quintessenz aus Seligpreisung und Nacht (so das letzte Wort des Mondgedichts) gipfelt, die ich, wie ein Lebensmittel, in mich aufnahm. Die Welt – das waren die anderen, der Mond – das war der Freund, der mich tröstete, der Fluß – in ihm floß meine ganze Geschichte, meine Seele, mein Gefild – wie gut mich der Dichter kannte! Gewiß: in

diesem Gedicht entspricht der Dunkelheit der Welt, ihrer Vernebelung die Klarheit des Augenblicks der Erkenntnis (der eigenen Lage). Ja, ich hatte diese Worte adoptiert, als ob sie von mir wären. Und nun? Dieses Gedicht ist fast das einzige, was mir von jener Liebe geblieben ist, fast wie in jenem Brecht-Gedicht von der *Erinnerung an die Marie A.* Ich hätte jene Liebe längst vergessen, wenn nicht *An den Mond* gewesen wär'. Doch in einem Gedicht aufgehoben, endet sie nimmer.

Heute (Herbst 1997) spricht mich die erste Version, die wohl aus dem Jahr 1777 stammt (Goethe ist achtundzwanzig), fast noch mehr an als die berühmte von 1789 (Goethe ist vierzig). Warum? Wegen der gleichzeitigen Neigung zum Schweigen und Sprechen, zum Verschweigen und Offenlegen, auch dieser, seiner Liebe? Vor allem die Seligpreisung mit ihrer Variante »Was den Menschen unbewußt/Oder wohl veracht« ist etwas Gewaltiges und weist Goethe als Meister der Abweichung auf Taubenfüßen aus.

Goethes *An den Mond* ist ein Nachtgedicht, das ohne Gott (oder ist der Mond sein Stellvertreter?) auskommt, und dennoch mit einer Seligpreisung endet, einer Formel, die der Heiligen Schrift entliehen ist. Aber ohne die profunde Sehnsucht nach dem Einen, ohne die Lust, eine Gabe Gottes, die ich als Conditio sine qua non voraussetze, kommt dieses Gedicht nicht aus, und will es nicht.

Ihre Frage nach dem einen Text hat mich etwas in die Enge getrieben, denn den *einen* Text gab es nicht. Ich habe mit Worten und Wortfolgen gelebt und lebe mit und von ihnen. Sie sind Lebensgefährten und Lebensmittel.

Vor allem bestimmte Gedichte sind es, so wie früher bestimmte Gebete, von denen ich zehre. Meist genügt schon ein Vers, so wie früher ein Stoßgebet genügte. Immer noch sage ich, wenn es brenzlig wird: »Der Herr ist mein Licht und mein Heil, vor wem die Angst!« (Psalm 27) vor mich hin oder »Warum toben die Heiden«, wenn ich die Welt nicht verstehe. Oder, wenn ich an einem Grab stehe, kommt mir das Kavafis-Gedicht *Liebliche Blumen, weisse* in den Sinn, ja, in die Augen. In den Jahreszeiten unterwegs, ist immer der eine oder andere Vers von Conrad Ferdinand Meyer bei mir, ob »Schwarzschattende Kastanie«, »meine Felder, meine Wälder meine buchendunklen Höhn« oder »zwei Segel erhellend die tief-blaue Bucht«. Gelegentlich das Shakespeare-Sonett CXVI, XX, II …

Die Ungerechtigkeit, mit der ich mich nie abfinden werde, läßt mich immer wieder Brecht zitieren: »Und weil der Mensch ein Mensch ist« und andere Brecht-Verse. Und wenn ich am Flugzeugfenster sitze, sage ich irgendwann: »Daß so der Kranich mit der Wolke teile, den schönen Himmel, den sie kurz befliegen«. Trotz des Rilke-artig ertrotzten, Metren- und Reim- gerechten »befliegen«: den Himmel »befliegen«?

Ich hätte auch gerne ein Gedicht genannt, das ich erst gestern in einer Nachdichtung bei Borges gefunden habe:

»Andere starben, doch geschah dies in der Vergangenheit, die, wer weiß das nicht? dem Tod günstigste Jahreszeit ist. Kann es sein, daß ich, Untertan von Yakub Almansor, sterben soll, so wie sterben mußten die Rosen und Aristoteles?« (Aus dem Divan des Almotasim el Maghrebi, zwölftes Jahrhundert). Oder die Gedichte von Yunus Emre, türkisch, vierzehntes Jahrhundert. Aber ich sollte ja eine Art Lebensgefährten nennen, und nicht mit Exotischem prunken.

Schließen möchte ich mit Pessoa:

»Wenn das Herz denken könnte, würde es still stehen.«

Anfrage zum 28. August 1999:

Was sagt Ihnen Goethe?

Goethe sagte mir erst etwas vom Augenblick an, da ich zum ersten Mal unglücklich beziehungsweise richtig verliebt war. Er half mir sogar, das ist ein Vierteljahrhundert her, so wie er sich selbst half mit seinen nachträglichen Liebesgedichten: Von An den Mond bis zur Trilogie der Leidenschaft. Wunderschöne Worte, ein einziges war oftmals schon so viel wie ein ganzes Gedicht, etwa das Wort »morgenschön« im *Heideröslein* (Sah ein Knab ...). Wer kam schon auf derart natürliche Wörter wie »morgenschön«, das Goethe fand: so wie der Knab das Röslein auf der Heiden. Oder das Wort »Wieder-Wiedersehn« noch zuletzt in der Trilogie? Ich kenne niemand, der derart naheliegende, kühne Wörter gefunden hätte für das, was war.
Leider (oder soll ich doch sagen: zum Glück?) bin ich in meiner guten, katholischen Schule Goethe so gut wie gar nicht begegnet. Vielleicht, weil er als Heide galt und – wie konträr! – um 1970 herum als Reaktionär. Doch auch ein Dichter des so genannten Volkes war Goethe nie. Er wurde nie geliebt, so wie sein Pseudo-Gefährte Schiller doch einmal geliebt worden ist. Noch zu Beginn dieses trostlosen Jahrhunderts war die Erstausgabe des *Divan* im Buchhandel nicht vergriffen. Sie werden nun vielleicht den Kopf schütteln, wenn ich sage, daß Goethe nach wie vor ein Geheimtip ist. Die Feier des zweihundertfünfzigsten Geburtstages ist ein erneuter Versuch, diesen Goethe über den bloßen berühmten Namen hinaus der Öffentlichkeit näherzubringen, vielleicht sogar ans Herz zu legen. Dabei

wird sich diese Öffentlichkeit eher von Goethe verfolgt, mit Goethe traktiert vorkommen, wie schon 1982, als man den einhundertfünfzigsten Todestag feierte, der über die Feier hinaus ganz folgenlos blieb.

Selbstverständlich habe ich lange meinen heimatlichen Hölderlin vorgezogen und tue dies vielleicht immer noch, den heimatlichen Brecht und den heimatlichen Hebel. Seit der Entdekkung Goethes (es war durch ein Gedicht: *An den Mond*) entdeckte ich an der Person selbst immer wieder Ärgerliches, ja Verwerfliches. Ich nahm dem Weimarer Staatsgockel übel, daß er Hölderlin abblitzen ließ, als ob's ein Stück von mir gewesen wäre, als ob er mir Rechenschaft geben mußte dafür, wie der Lenz, Kleist, Schubert, Stadelhofer, Merck und Eckermann behandelt hat, als ob er mich so behandelt hätte. Wie ungerecht! Vor allem von mir, der nicht dabei war, und nach rund zweihundert Jahren! Ja, er hat Todesurteile unterschrieben: Etwas Abscheulicheres kann ein Mensch nicht tun auf der Welt. Ein Schreibtischtäter, der im täglichen Leben seine Nächsten in den Tod trieb? Was für ein Scheusal! Und wie er die Frauen geliebt hat: Das war keine Liebe!! – Ach, muß nun ein Christ Mitleid mit einem Monster haben am Ende?

Ich schlage vor, daß wir uns mit seinem Besten befassen sollten, mit seinen Gedichten – und nicht mit seinem Schlechtesten, Abträglichsten. Und daran, am Besten, sollten wir doch alle gemessen werden. Ich schlage vor, das Kammerherrn-Paradox, den Diener und Despoten zu vergessen und die Gedichte zu lesen, *Faust* eingeschlossen. Wenn er schrieb, »Warum gabst du uns die tiefen Blicke«, war er ganz einfach auf einer Höhe und unvergleichlich. Ich staune immer wieder, daß dieser Mensch ein langes Leben lang immer wieder die schönsten Gedichte seiner Zeit schrieb, von Anfang an und bis zuletzt. Gewiß, es ließen sich – bei diesem Werk! – ohne Schwierigkeiten auch »Die hundert schlechtesten Gedichte Goethes« zusammenstellen, was geschehen ist. Aber dabei wollen wir, wie gesagt, nicht bleiben. Und auch nicht bei seiner Gleichgültigkeit oder Kälte im Leben. Nicht bei seiner Eitelkeit und Torheit. – Dies ist kein Nachruf.

Ein Bibel- wie Bordellkenner

Bertolt Brecht

ÜBER DIE VERFÜHRUNG VON ENGELN

Engel verführt man gar nicht oder schnell.
Verzieh ihn einfach in den Hauseingang
Steck ihm die Zunge in den Mund und lang
Ihm untern Rock, bis er sich naß macht, stell
Ihn, das Gesicht zur Wand, heb ihm den Rock
Und fick ihn. Stöhnt er irgendwie beklommen
Dann halt ihn fest und laß ihn zwei Mal kommen
Sonst hat er dir am Ende einen Schock.

Ermahn ihn, daß er gut den Hintern schwenkt
Heiß ihn dir ruhig an die Hoden fassen
Sag ihm, er darf sich furchtlos fallenlassen
Dieweil er zwischen Erd und Himmel hängt –

Doch schau ihm nicht beim Ficken ins Gesicht
Und seine Flügel, Mensch, zerdrück sie nicht.

Engel sind von oben her kommende Boten, göttliche Zwischenwesen, eine Sonderklasse zwischen Gott und Mensch, geschaffen zwar, aber dem Menschen darin voraus, daß die Engel schon unsterblich sind und in der Nähe Gottes, um IHN herum, leben und sind. So die Angelologie, die klassische katholische Engel-Lehre.

Mit der Überschrift »Über die Verführung von Engeln« reiht sich Bertolt Brecht in eine Gelehrtentradition ein, von diesem Titel her gibt sich der Dichter als ein Gelehrter: *De Seductione Angelorum* heißt sein Engel-Traktat in der Sprache der Scholastik. Doch das Gedicht selbst, von Brecht geschrieben und mit ›Thomas Mann‹ unterzeichnet, bietet noch etwas anderes.

Es erscheint noch eine andere Klasse von Engeln als in der klassischen Angelologie. Auch hier steht Brecht in einer ›altehrwürdigen‹ Tradition, der sich der Dichter also gleich mehrfach verpflichtet weiß. Brecht ist bekannterweise Bibel-, und wohl auch Bordellkenner. Engel gehören von Anfang an zum literarischen ›Personal‹ des vielleicht meistgelesenen, vielleicht nur berühmtesten, gewiß erfolgreichsten Buches der Weltliteratur. Auch durch die Dichtung von Bertolt Brecht ›geistern‹ Engel, hier zum Beispiel; und immer bei Brecht erscheinen Engel im Zusammenhang von Verführung, Sexualität oder Liebe. Der erste Satz (»Engel verführt man gar nicht oder schnell.«) ist, an der scholastischen Rede geschult, noch eine Sentenz, eine Behauptung, die ›das ganze im Fragment‹ enthält. Aber dann! Was noch wie ein Lehrgedicht begann, scheint in eine grobe, ja unflätige Geschichte umzuschlagen, in eine Folge von Imperativen oder Anweisungen, wie man einen Engel ›richtig‹ verführt. Aus dem Gelehrtentraktat ist eine Gebrauchsanleitung geworden. Sogar noch die Kochrezept-Sprache schwingt mit:

Man nehme einen Engel ... Aber wie! – Wer wird mit dem ›du‹, das ›ihn‹ verführen soll, angesprochen, angeleitet, aufgefordert?

Zunächst: dies ist ein wunderbares Gedicht. Gar nicht obszön, sondern klassisch: Brecht. Ich hätte kein anderes Engel-Gedicht von diesem wohl großartigsten Dichter dieser Sprache in diesem Jahrhundert erwartet. Brecht weiß wohl, was Engel sind. Auch im gewöhnlichen Leben, ›gleich hinter dem Hauseingang‹.

Ein Befremden stellt sich, wenn überhaupt, allein durch die Unterschrift ›Thomas Mann‹ ein. Dieselbe ist von den Herausgebern der neueren Edition in den Anhang verbannt worden. Immerhin ist diese Sonett, wie auch die anderen, zum Teil unverschämt schönen Liebesgedichte, seit Mitte der Achtziger Jahre veröffentlicht. *Über die Verführung von Engeln* mußte in der Rosemarie-Nitribit-Zeit noch unter Verschluß gehalten werden. Das spricht gegen die Zeit, nicht aber gegen das Gedicht. Kein Mensch muß ein solches Sonett mit dem Engel gleich hinter dem Hauseingang verteidigen, auch ich nicht. Ich möchte es aber rühmen.

Zuerst die Schlußzeile, von der Überschrift her gelesen: »Und seine Flügel, Mensch, zerdrück sie nicht.« Damit endet das Sonett. Wie bei Shakespeare steht auch bei Brecht die maßgebliche Metapher an der Stelle des maßgeblichen Arguments, das über das Gedicht entscheidende Bild: dieses. Brecht ist ganz vorsichtig geworden, ja zärtlich. Das Gedicht endet mit einem Appell an den Menschen, menschlich zu sein, weil der Mensch ein Mensch ist, wie Brecht in einem anderen Gedicht sagt.

Der ›Logik‹ des Sonetts entspricht sein Aufbau, der auf diese Schlußzeile zusteuert: Der Mensch soll seine, die Flügel dieses

Engels und Menschen, nicht zerbrechen. So hätte das Thomas Mann nicht sagen können, so innig und un-ironisch. Nein, er hätte sich dieses Gedichts, das er hätte nie schreiben können, nicht schämen müssen.
Im Gedicht von Brecht ist der Engel ein Zwischenwesen von anderer Art. Die Zweideutigkeit ist gegen Thomas Mann gerichtet, dessen Name unter dem Gedicht steht, der dasselbe hätte niemals schreiben können; nicht nur deswegen nicht, weil er kein Lyriker war. Trotzdem hat er sich auch einmal mit dem Reimen und der sogenannten gebundenen Sprache herumgeschlagen: Er mußte Experten wie Ernst Bertram um Hilfe bitten.
Brecht war ein Bibelkenner, Thomas Mann auch, insofern protestantisch. Aber die Sinnenfreudigkeit des Gedichts von Brecht, der auch ›Psalmen‹ geschrieben hat, ist wohl noch ein anderes, ganz persönliches Erbe. Heute ist jenes Wort, das in der sechsten Zeile erscheint, literatur- wie gesellschaftsfähig, während ein Wort wie ›Gott‹ (jedenfalls in Verbindung mit einem ernstzunehmenden Dichter) in die Tabu-Zone abgerutscht ist.
Engel hingegen sind heute wieder in Mode, selbst in der Literatur. Bei Brecht schwingt allerdings nicht dieser Engel, sondern der klassische ›gefallene Engel‹, Luzifer, mit. Eine Zwischenwelt wird hier eröffnet, auch zwischen dem Männlichen und dem Weiblichen. Brecht spielte damit, virtuos. Auch mit Thomas Mann, von dessen Schwärmerei für Männer wie Engel er vielleicht gerüchteweise gehört hatte (1948). Durch die Unterschrift ›Thomas Mann‹ wird das Sonett noch lange nicht zu einer Parodie eines Sonetts. Er imitiert nicht den Stil Thomas Manns, sondern macht sich lustig über ihn, indem er TH. M. so wie B. B. schreiben läßt; und zwar dieses Gedicht.

Die Unterschrift: Thomas Mann ist eine besonders raffinierte oder perfide Form von Outing, zumal ich weiß, daß es in Brechts eigenem Werk und Leben (wobei das eine vom anderen gar nicht zu trennen ist, beziehungsweise das erste ein Eigenleben führt) von richtigen Männern nur so wimmelt, von Cas und Orge an. Und Baal. – Eine (klassische) Projektion! – könnte ich, psychoanalytisch geschult, formulieren.
Der von mir auch als Mensch wegen seiner Lebensgeschichte verehrte Brecht – daß er für mich mit Benn der größte Dichter des zwanzigsten Jahrhunderts ist, möchte ich ganz am Ende desselben auch noch sagen – war ein Feigling im Umgang mit Männern und Frauen. Warum nicht einen Feigling verehren! der ein solcher Klassiker war.
Gar nicht fein, aber es entsteht ein O-Ton Brecht.
Auf eine recht sonderbare Weise formuliert Brecht auch eine geheime Bewunderung für Thomas Mann, andernfalls hätte er ihm dieses Gedicht nicht gegönnt, von dem Brecht wußte, daß es ein (damals allerdings nicht vorzeigbarer) Glücksfall war. Doch Wörter und Bilder dieses Gedichts haben, wie gesagt, ihren skandalösen Charakter verloren. Was (übrig) bleibt, ist ein Gedicht. Und was für eines! Heute würde Brecht seinen Namen daruntersetzen.
Thomas Mann aber hätte sich durch die Unterschrift geehrt fühlen können. Brechts Gedicht, in dem ein ganz bestimmter Engel eine gewisse Hauptrolle spielt (und umgekehrt: dieses Gedicht, in dem ein gewisser Engel eine ganz bestimmte Hauptrolle spielt), ist nämlich heute gar nicht mehr pornographisch, aber immer noch schön.
»Rock« mag ein vager Hinweis auf eine Frau sein (es gab aber zu Brechts Zeiten noch den ›Ausgehrock‹, ein männliches Klei-

dungsstück, das wir aus der Literatur kennen). Brecht sagt aber *der* Engel, verzichtet im weiteren auf »Engel« und hält sich streng und allein an die Grammatik und das männliche Geschlecht des Engels in der Tradition: »verzieh ihn« / »steck ihm« / »bis er« / »stell ihn« / »heb ihm« / »fick ihn« / »stöhnt er« / »halt ihn« / »laß ihn« / »hat er dir« / »ermahn ihn« / »daß er« / »heiß ihn« / »sag ihm« / »er darf« / »Dieweil er zwischen Erd und Himmel hängt –« / »Doch schau ihm nicht beim Ficken ins Gesicht« / »Und seine Flügel, Mensch, zerdrück sie nicht.«

Ich höre noch Brechts Gelächter, vielleicht auch nur nach innen, als er ›Thomas Mann‹ drunterschrieb.

Ich sehe aber auch ein Staunen über die eigene Großzügigkeit – eines als extrem geizig bekannten Menschen. So berichtet Helene Weigel, daß B. B., der auch ein wunderbares Gedicht über das Sprengen des Gartens geschrieben hat, in dem er mahnt, auch das Unkraut nicht zu vergessen, der Familie verboten habe, den kalifornischen Garten zu tränken und einmal sogar das Wasser abgestellt habe. Aus Geiz. Es war sehr großzügig oder leichtsinnig, diesen Schatz wegzugeben, und ich sehe noch eine Versonnenheit, ja Andacht im Gesicht Brechts, als er auf die Schlußzeile gekommen war. Von hinreißender Schamlosigkeit tagsüber; und ansonsten ist dieses Gedicht wie er: sein Verfasser. Auf Kosten Thomas Manns hat Brecht vielleicht nur aus seinem eigenen, früheren Leben erzählt.

Jahrelang hatten Brecht und Mann nebeneinander hergelebt, in der Gegend von Hollywood. Der eine Repräsentant, der andere aber auch nicht zum Märtyrer geboren. Und nun, 1948, lebten sie, wenn auch nur vorübergehend, schon wieder in Nachbarschaft, in Zürich. Brecht, der sich zeitlebens über den mit einem Vorsprung einer Generation älteren und erfolgreicheren Thomas Mann auch ärgerte, hat den ›Repräsentanten‹ dann um ein lumpiges Jahr und zwei Tage überlebt. (Thomas Mann † 12.8.1955; Bertolt Brecht † 14.8.1956).

Unter diesen Umständen ist das Sonett *Über die Verführung von Engeln* nicht nur ein heute klassisches Sonett, sondern ein kleiner, sehr subtiler Racheakt Brechts. Um das Gedicht schön und gut zu finden, bedarf es nicht der Kenntnis seiner Vorgeschichte, des lebenslänglich schiefen Verhältnisses der beiden Großen. Aber davon zu wissen, schadet der Lektüre des Sonetts *Über die Verführung von Engeln* nicht.

Brecht blieb sich und seiner Frivolität treu, wie auch Thomas Mann sich und seinem Stil zeitlebens treu blieb. Weggefährten wie Döblin (bei dessen fünfzigsten Geburtstag Thomas Mann und Bertolt Brecht anwesend waren und mitanhören mußten, wie sich Döblin für die Lage der Welt mitverantwortlich machte, weil er nicht genug gebetet habe) landeten bei der Kirche. Johannes R. Becher endete in den Armen eines Priesters und sang Marienlieder auf dem Sterbebett. Dagegen Brecht: »So mancher Mann sah manchen Mann verrecken, / ein großer Geist blieb in 'ner Hure stecken«. Brecht enttäuschte die Welt nicht mit einer derartigen Sterbegeschichte. Obschon: der Zinknagel durchs Herz im Testament, aus lebenslänglicher Angst vor dem Scheintod ist gerade im Blick auf Brecht befremdlich, wenn auch an sich verständlich.

Am Tag, als Brecht sein Gedicht aus virtuos ins Dichterische erhobenem Hinterhausjargon, aus Bibel-, Lehrbuch-, Betriebsanleitungs-, ja Kochbuchsprache schrieb, hat Thomas Mann an seinem Werk weitergeschrieben, auf seine Weise. Und in derselben Stadt, in der Brecht stellvertretend für Thomas Mann dichtete, zum Beispiel das Gedicht *Über die Verführung von Engeln*. In einer Sprache und Tonlage, die Thomas Mann nie gehört haben mag. Brecht aber kannte sie wohl. Beide lebten zeitlebens auf derselben, aber in einer anderen Welt. In diesem Gedicht kamen sie auch nicht zusammen. Schade.

Über die Verführung von Engeln: Dieser Engel hat einen Mund, ein Gesicht, einen Hintern und Flügel, die zerbrechlich sind. Überhaupt: Der erfahrene und engelskundige Gelehrte will nicht, daß diesem Engel ein Leid geschieht. Brecht, der hier noch einmal geradezu beweist, daß er viel, wenn nicht alles von Engeln weiß, und wie man sie verführt, weiß auch (dies aus seinem Bibelstudium), daß man göttlichen Wesen nicht ins Gesicht schauen darf. Schon Moses hatte Angst am brennenden Dornbusch, ›hinzuschauen‹, denn das hätte bedeutet, auf der Stelle zu sterben. Der Großmeister der Verführung fordert also gleich zweimal auf, dem Engel nicht ins Gesicht zu schauen ›dabei‹. Mochten das erste Mal noch Ruditäten im Spiel sein, so ist er nun, am Ende, bei der Zärtlichkeit angekommen. Am Ende kommt Brecht bei der Essenz der Liebe an, und was ist sie anderes als Zerbrechlichkeit? Zumal dieser Mensch, der da mit diesem Engel, also Brecht selbst vielleicht, mit einem Wesen Umgang hatte, das zerbrechlicher war als er selbst. Am Ende des Gedichts angekommen, stellt sich heraus, daß *Über die Verführung von Engeln* nicht nur eines der schönsten, sondern auch eines der zerbrechlichsten Gedichte von Brecht ist, dessen auf den ephemeren Lebensalltag zurückzuführende Unterschrift die Herausgeber zu Recht und getrost in den Anhang verbannt haben.

Einmal auf der Welt. Und dann so.

Walserliteratur, Wasserliteratur, Weltliteratur

Auf der Treppe meines Stadtschreiberhäuschens saß ich wie Frau Dreckig aus *Ich war einmal* (Roman), die auf den Treppen ihrer Bahnhofswirtschaft darauf wartet, daß etwas los sei, und las die Leserbriefe der *Frankfurter Allgemeinen Zeitung*. Es waren auch Leserbriefe zum *Springenden Brunnen* darunter, kluge Leserbriefe, die mich aber deprimierten. Ich staunte, was diese Menschen und Leser alles wußten. Es waren auch Dinge dabei, die ich gar nicht wissen wollte, auch zum *Springenden Brunnen*. Es meldete sich ein Professor Dr.-Ing.: »Martin Walser täuscht sich über die Wassermenge im Bodensee, wenn er sagt: Und ein Zentimeter sind vierundfünfzig Millionen Kubikmeter weniger.«

Ach, dachte ich, geht es also im *Springenden Brunnen* um das Wasser, gar um die Wassermenge des Bodensees? Ja, es geht um das Wasser, und schon der Titel verheißt ein Fließen. Und auch der Autor unterscheidet sich nur durch ein kleines »l« vom Wasser. Dazu kommt er aus Wasserburg. Walser, Gast auf Erden am Ufer des Bodensees, fiel mir nun ein, hatte schon als Kind Mitleid mit allen Menschen, die nicht am Wasser zu Hause waren. Er konnte sich einfach nicht vorstellen, daß ein Mensch anderswo leben kann als am Wasser. Dieses Leben, gute zwanzig Jahre am Wasser und in der Bahnhofswirtschaft, wird – über die Sprache – zu einer zweiten Gegenwart im *Springenden Brunnen*, dachte ich heute auf der Stadtschreibertreppe von Bergen.

Wasser und Sprache gehen und gehören hier zusammen, ja? Der kluge Leserbrief war vergessen.
»Die Sprache, dachte Johann, ist ein springender Brunnen.« Ich dachte dies auch. Und ich träumte weiter, von diesem Satz an. Dachte zu Walsers Augenbrauen hinüber, die nur dem Schnauzbart Nietzsches zu vergleichen sind. Auch seine Schrift ist nicht zu vergessen, eine Handschrift: groß, vor allem das »L«, der erste Buchstabe im Brief. Und dann die Stimme: haben Sie einmal mit ihm telefoniert? Aber gesehen haben Sie ihn: er ist tausendfach photographiert, als ob außer ihm auch noch der ganze See aufs Bild müßte, als ob dieser See dazugehörte, als ob sie eins seien, wie er am See sitzt, steht, wie er davonschwimmt, manchmal mit Robby, dem Appenzeller. (Ich hätte auch gerne so einen Hund gehabt, dachte ich.)
Einmal habe ich die Bach-Kantate »Ich hatte viel Bekümmernis« (BWV 21) mitgebracht, die Herreweghe-Aufnahme von 1990. »Den ganzen Tag nur noch diese Musik im Haus!« so Tochter Alissa. Beim Hören von Bach wurde Walser nicht photographiert. Nur dabei, wie er im Frühjahr als einer der ersten ins Wasser geht und als einer der letzten, wenn der Nachsommer schon vorbei ist, wieder herauskommt. Eine Neigung zur Schwermut, aber tagsüber sportlich? Und im Buch? Was für ein Leistungswille: zu Fuß nach verlorenem Krieg nach Hause! Fast noch ein Kind, das einen Krieg ja gar nicht verloren haben kann, ein Kind, dessen erste Liebe schon Vergangenheit war oder nicht? Jeder große Schriftsteller hat, das glaube ich wenigstens, eine Verletzung, eine Wunde, aus der es weiterblutet: Literatur. Das ist eine Bluterkrankheit. Es fehlt wohl das Gerinnungselement des Vergessens. Die Erinnerung ist der Schmerz (dieser Krankheit), der zur Sprache wird. Oder nicht?

Es gibt ein schönes Buch Walsers, das heißt: *Heimatlob. Ein springender Brunnen* ist hingegen kein Heimatlob. Schon das *Heimatlob* war kein wirkliches Heimatlob, dachte ich, denn die Verbindung von Wasser und Heimat ist doch eigentlich eine unmögliche Synthese. Mit »Wasser« mag das landläufige Wasser gemeint sein, »Heimat« jedoch ist hier etwas anderes, das Gegenteil von Boden (unter den Füßen) zumindest, so wie das vom Walser so geliebte Wasser. Liebe ist nach Rilke doch »sein lassen«?, fiel mir ein, nicht am Wasser, sondern auf der Treppe. Und dann noch: der *Springende Brunnen* ist kein Heimatlob, vielleicht aber ein Klagelied. Eine Elegie oder eine Palinodie?
Als Walsers *Halbzeit* erschien, war ich sechs Jahre alt, »so groß wie eine Schwertlilie. Das war ganz in der Nähe dieses Bodensees, keine zwanzig Kilometer sogenannte Luftlinie. »Das Frühjahr war so spät bei uns, daß es immer erst im nächsten Jahr blühte«, lasse ich meinen kleinen Helden in *Mein Hund, meine Sau, mein Leben* sagen. Und doch! Schon sehr früh wußte ich, daß der etwas mildere See ganz nah war, und bald auch, daß es einen Martin Walser gab, der unserer Welt eine Sprache verlieh. Das war für einen wie mich, der das Empfinden hatte, daß Muttersprache, Sprache und Fremdsprache zusammenfielen, ja eins waren, mehr als ein Trost. Walser lebt ja nicht in der Provinz, sondern am Wasser. Walserliteratur, Wasserliteratur, Weltliteratur.
Genau vor tausend Jahren lebte und schrieb da Notker von St. Gallen, Weltliteratur, für mich. Seine Psalmen! Und vierhundert Jahre später lebte und schrieb der sogenannte Mystiker Heinrich Seuse, den Walser »der Große« nennt, hier, auch für die Welt, auch für mich. Lange her, dachte ich, und doch: ein Grund, am Wasser, am See zu sein und zu bleiben. Könnte ich

mir Brecht als Siebzigjährigen in Augsburg vorstellen? Thomas Mann in Lübeck? Benn irgendwo östlich der Oder? Aber auch sie haben eine Art Heimatliteratur geschrieben, die Weltliteratur ist.

Thomas Bernhard fiel mir ein, der von Ohlsdorf aus ... Ich dachte (in meinem Stadtschreiberhäuschen), dieser *Springende Brunnen* ist den schönsten Büchern zu vergleichen, die ich aus diesem meinem Jahrhundert gelesen habe. Dieses Jahrhundert geht also mit dem *Springenden Brunnen* zu Ende. Es wird mir bleiben, wie *Der Atem*, die *Verstörung*, das *Wunschlose Unglück*. *Ein springender Brunnen*: Weltliteratur, auch für mich, und für alle, die in der Nähe des Wassers leben und sind. Band XII der Gesammelten Werke heißt: »Leseerfahrungen, Liebeserklärungen«. Manche Texte Walsers sind Liebeserklärungen. Und dies ist, dachte ich, auf der Stadtschreibertreppe sitzend, auch eine.

Hans Bender

IM TABAKFELD

Der Apfel fällt,
schmeckt süß und kalt.
Der Abend schwimmt
im Fluß.
Im Tabakfeld
am Föhrenwald
mein Mund nimmt
deinen Kuß.

Die Wolke fliegt.
Orion scheint.
Nein, keiner wohnt
so warm.
Und schlafend liegt
der Träumer Freund,
der Mond,
in deinem Arm.

Tabakfelder sind den meisten Menschen unbekannt. Außerdem verbinde ich Tabak mit Kuba, Cohiba und Montecristo, mit Virginia, Brasil und Sumatra. Aber auch unweit vom badischen Rhein gibt es Tabakfelder, gab es ... In Hans Benders Gedicht *Im Tabakfeld* haben wir ein solches, heimatliches Tabakfeld. Das schönste Tabakfeld, das ich kenne, ist dieses Gedicht von Hans Bender. Es ist ein Tabakfeld der Erinnerung. Als Gedicht klassische fünfziger Jahre. Der Tabak von jenem Feld ist längst geerntet und verraucht, wie die Erinnerung an die Marie A. Aber das Gedicht, das noch einmal alles vergegenwärtigt, gibt es noch. Und die Liebe gibt es auch noch, deren Schauplatz dieses Tabakfeld da war, und deren Feld dieses Gedicht ist, und bleibt.

III. GEHEN UND FAHREN

Die Bertullis

Kleines Denkmal in Ich-Form

Bevor ich (43, 176, 80) mit den Schuhen (eine Schuhgeschichte) beginne, muß ich noch etwas zu den Bertullis sagen. Die Bertullis kamen alle aus einem einzigen Hausiererdorf in den Dolomiten, dessen Namen ich vergessen habe. Im Winter kehrten sie in dieses Dorf zurück, und sie hatten sich stattliche Steinhäuser gebaut, und auch zum Sterben kehrten sie zurück. Diese Häuser, von denen aus sie zu erniedrigenden Aufenthalten in der Schweiz, Süddeutschland und in der Poebene aufbrachen, hatten sie in den zwei Farben kaisergelb und römischrosa angestrichen und trugen sie (in ihrem Herzen) von Haus zu Haus, zusammen mit den Schuhen, die sie ihren mißtrauischen Zeitgenossen anboten und manchmal auch verkauften. Es waren gute Schuhe, die sie in zwei Modellen, als Männer- und Frauensonntagsschuh, in verschiedenen Größen anboten. Gefertigt wurden sie an den kurzen Wintertagen zu Hause. Die Häuser stehen noch heute, und das schönste von ihnen, das Bertulli-Haus, kann besichtigt werden. Es dient nun als Heimatmuseum und als Museum der Heimat und man kann an Sonntagnachmittagen dabei zuschauen, wie eine Bertullifamilie in der Heimatstube sitzt und wie damals in einer (rekonstruierten) Arbeitstracht den ersten Bertullischuh fertigt. Wenn der Gast die Tageskarte kauft, kann er auch noch ins Wellenbad, und im selben Preis ist auch noch ein Long Drink zu Happy-Hour-Zeiten in der ersten Hotelbar am Ort enthalten. Das alles habe ich in einem Fernsehfilm gesehen, der ganz spät (noch nach den Schlußnachrichten) in einem der dritten Programme ausgestrahlt wurde: Wie der verehrte Gründervater des Hauses BERTULLI® zu seiner Erfindung kam, wie er (1,49 Meter, – auch 1898, und auch in jenem armen norditalienischen Gebirgsdorf unter dem Durchschnitt –) sich selbst den ersten Bertullischuh, der nun seinen Namen trägt, gemacht hat und so spielend zehn Zentimeter hinzugewann: davon habe ich mit Erschütterung gehört. Mir war klar, daß nun auch mein fast ein Jahrhundert späteres Leben eine Wendung nehmen würde, das heißt: das Leben meines Bruders (1,59 Meter), dem ich mit dem Roman *Der Tod und ich, wir zwei* sowie in der anschließenden Erzählung *Ein Ausflug nach Afrika* ein kleines Denkmal in Ich-Form gesetzt habe.

Bertulli – der Mann, der dem Schuh seinen Namen gab –, Schuhmacher und Schuhhausierer wie die anderen, war eines Nachts beim Liebesvorspiel (die beiden standen noch, im Ofenzimmer, er auf dem Schemel, sie barfuß) davongerannt, hatte abbrechen müssen, als sie ihn unschicklich und gegen jeden vereinbarten Respekt in einer Liebeslaune von oben herunter auf den Kopf küßte, in den Grenzbereich von Stirn und Glatzkopf. Er war neunundzwanzig und entschlossen, sein Leben zu ändern. Von einer schönen Frau auf den Kopf geküßt, hat er sich aufgerichtet und ist nach Hause gegangen und hat noch in derselben Nacht damit begonnen, seinen Schuh zu konstruieren: das war der legendäre BERTULLI 1. Ab da ging er zehn Zentimeter größer durchs Leben, noch über zwanzig Jahre lang. Professor Cremerius führt den Firmennamen in Großbuchstaben, – das Markenzeichen geht auf einen eigenhändigen Entwurf von Bruno Bertulli, auf einen niemals überwundenen tiefsitzenden Minderwertigkeitskomplex zurück,

wie auch seine Heirat mit der schönen Frau, das heißt, die Art und Weise, wie er mit ihr umging, und die er noch vom Totenbett aus schikanierte. Heute wird nur noch der Bertulli gefertigt, der zünftige Sonntagsschuh für das schweizerische Mittelland, das angrenzende Schwaben sowie, in kleinerem Umfang, die Poebene, ist längst aufgegeben, wie auch das Hausieren in den ungastlichen Städten und Dörfern des Mittellandes und des angrenzenden Schwaben, wo man, je nach Gegend verschieden, noch mit ortsüblichen Steinen nach den armen Bertullis warf und, wo es keine Steine gab, mit Lehm- oder Lößbrocken. Dann aber, mit der Erfindung des Schuhs, und auch mit der Zeit, setzt die Erfolgsgeschichte ein. Das Hausieren haben die Bertullis aufgegeben. Der legendäre BERTULLI 1 wie auch nach wie vor der Sonntagsschuh wurden auf Bestellung geliefert. Es reisten nun drei Vertreter herum, die die Bestellungen des gesamten Mittellandes, des angrenzenden Schwaben sowie der Poebene aufnahmen. Als zweites Standbein kam nun für Bruno Bertulli die Eröffnung der ersten Dolomiti-Eisdiele in Sigmaringen hinzu: das war die Investition aus der ersten Saison von BERTULLI 1.
Bis 1989 kamen zweiundvierzig Dolomiti-Eisdielen hinzu, die der Enkel des legendären Bruno Bertulli, Bruno Bertulli III., an Mövenpick verkauft hat. In den Gründerjahren also zwei Standbeine: das Eis und die Schuhe. Das schöne kaisergelbe Haus baute er sich davon, ein Anfang, in dem das Heimatmuseum untergebracht ist, das ich im Film sah! Die ganze Geschichte baute und baut auf diesem Schuh auf, Bertulli III. fährt aber nun im Ferrari herum und läßt sich auch einfliegen: so zum Orthopädenkongreß in Davos, wo Bertulli die Weiterentwicklung des legendären BERTULLI 1 vorstellte. Konferenz-

sprache war Englisch, und so auch der neue Bertulli-Slogan: *It's different: It's perfect.* Längst Marktführer im sogenannten kleinen Schuh, hatte der Bertulli einer ganzen Richtung seinen Namen gegeben. Ursprünglich eine Hausierersippe aus den Dolomiten, dann mittelständisch auf zwei Standbeinen, jetzt auf der Multi-Ebene, dies schon in der dritten Generation, nun auch im Schwäbischen: der Name Bertulli profitierte vom Klang und Glanz des Italienischen. Italien war im Schuh Marktführer. Die ersten Bertullis, die spät zu Bett gegangen und früh gestorben waren, die voller Heimweh durch Mittelland und Schwaben von Haus zu Haus gezogen waren und im Winter im Schatten ihres Nordhangs beim Schuhmachen weiterlebten, liegen nun alle in der Familiengruft, umgebettet: Eltern und Großeltern des Erfinders. Er hat sie, die zu Hause geblieben, sich den eigenen Schuh nicht leisten konnten, die im Sommer barfuß unterwegs waren, umbetten lassen: das finden wir aber schön. Aber Bertulli III. will nichts mehr davon wissen. Im Film hat er behauptet, daß alle aus einer Seitenlinie der Viscontis abstammen, daher die Umbettung. Was aber ist ein Bertulli? Zum ersten Mal habe ich von diesem Schuh in der *Praline* gelesen, und auch eine Abbildung sah ich da: da war dieselbe Person zu sehen, einmal in einem gewöhnlichen Schuh und daneben, einen halben Kopf größer, in Bertullis. Ein ins Schuhwerk eingearbeiteter Absatz, von außen nicht zu sehen. Die Kunst von Bertulli: den Zugewinn einerseits zu vertuschen, den Träger dieses Schuhs andererseits gehfähig zu machen, beziehungsweise zu halten. Ich habe zahlreiche Menschen gekannt, die diesen Schuh trugen und die dieser Schuh trug und die ohne ihn nicht mehr hätten leben wollen oder können, die ihr Leben sich nicht mehr hätten vorstellen können oder wollen, so auch mein Bruder, dem ich ein kleines Denkmal in Ich-Form gesetzt habe, stellvertretend für all die anderen, die aufgrund dieser Erfindung auflebten und ein Leben führen konnten. Bertulli: ein Phänomen, das Selbstmorde verhindert hat, ich weiß, auch mein Bruder hat immer wieder mit Selbstmordgedanken gespielt, bis er eines Tages auf die Anzeige in der *Praline* stieß: ich hatte sie ihm unauffällig zugespielt, aufs Nachttischchen gelegt und »Etwas zum Nachdenken. Dein Br.« dazugeschrieben. Er teilt nun sein Leben in »Vor Bertulli« und »Nach Bertulli« ein. Sonderbar: zuhause sprachen unsere Eltern von »Herrn Bertulli«, wenn sie den Tod meinten, um uns Kinder nicht zu sehr zu erschrecken. Und dann gab er mir eines Tages einen ersten Entwurf seiner Autobiographie, aus der ich nun zitiere, die er mir widmete und die ich später für ihn umschrieb:

Im Turnunterricht (in den Jahren bis 1973) stand ich ganz hinten. Wir haben uns – ich glaube, wie überall auf der Welt – nach unserer Größe aufstellen müssen, und zwar vor und nach diesem Unterricht, stell dir vor! Der Turnlehrer ging mit einer Meßlatte, die zu den Bundesjugendspielen 1934 angeschafft worden war, zu unserem Größten und hat ihn vermessen und in die Liste eingetragen: »1,79 Meter!« schrie er in die Halle. Unser Größter, der unflätige Josef Bantle, der schon als Vierzehnjähriger mit seinen Hosenladenkontakten prahlte und nun das Arbeitsamt einer Kleinstadt im Württembergischen leitet, hat dann seinen fast gleichgroßen Nachbarn vermessen, Größe und Nachnamen dem Turnlehrer gemeldet: »Widmer 1,78 Meter!«, und der Turnlehrer hat die Daten in die Liste eingetragen, bis herab zu mir. Ursprünglich wollte ich eine Autobiogra-

phie in DU-Form schreiben, allein um nicht »ich« sagen zu müssen. Ich wollte diese Dinge mit meinem Namen nicht zusammenbringen: damals wurde ich von meinem Nachbarn aufgerufen: »Hotz – einsneunundvierzig!« hörte ich, hochdeutsch, und dann wurde mir die Meßlatte übergeben, und ich mußte sie im Laufschritt zum Turnlehrer zurückbringen: neun Jahre lang. Der hat sie – feierlich? – im Werkzeugraum eingeschlossen. So war es doch? Außer den Zahlen, die kaum nach oben gingen, änderte sich praktisch nichts. Schon in meinem ersten Personalausweis standen lächerliche Einmeterneunundfünfzig, worüber meine Spielkameraden, die es damals noch gab, schon lachten. Also laufe ich mit amtlich ausgewiesenen 1,59 Meter herum, wenn ich ganz auf mich gestellt, wenn die Bertullis oder sonst ein Schuhwerk nicht wären.
Damals kam ich mir so klein vor, daß ich die Empfindung hatte, gar nicht ganz auf der Welt zu sein. Eine Freundin, selbst klein, ja, kleiner als ich, hatte mir im Vertrauen gesagt, daß Frauen kleine Männer nicht mögen, denn sie wollten alle einen zum Anlehnen. Ich war niedergeschlagen, und doch: Es war die Geburtsstunde meines Verzeichnisses, in dem ich alle großen Kleinen eintrug, sobald ich von ihnen wußte: Heinrich Schliemann (1,49 Meter), der Entdecker von Troja und Eroberer einer wunderschönen Frau (siehe Grabschmuckcollier), Heidegger (1,61 Meter), groß als Denker und Frauenliebling, Picasso (1,55 Meter), mehrfach verheiratet, der größte Frauenmaler seit Rubens, Onassis (1,52 Meter), reich geworden durch den Zweiten Weltkrieg, danach nur noch Frauengeschichten, schließlich Humphrey Bogart (1,61 Meter), den der Regisseur bei den entscheidenden Szenen immer auf einen Schemel stellte. Ich (1,59 Meter) was also etwas kleiner als Heidegger,

unwesentliche zwei Zentimeter, aber gute zehn größer als Schliemann, sieben mehr als Onassis, vier größer als Picasso, und gerade lumpige zwei Zentimeter kleiner als Humphrey Bogart. Ich schöpfte Hoffnung, lange vor den Bertullis, meine Liste gab mir Boden unter den Füßen, auch den Frauen gegenüber, von denen ich die größten Kleinen ebenfalls eintrug: Königin Elisabeth II. von Großbritannien (1,40 Meter), Soraja (1,43 Meter), Isabell Allende (1,44 Meter), Madonna (1,43 Meter), Rita Pavone (1,35 Meter), Rita Süßmuth, ein Stehaufffrauchen aus der deutschen Politik, (1,44 Meter). Die kleinste unter den Großen war aber – unbestreitbar – die Sextherapeutin Ruth Westheimer (1,29 Meter), die mir bewies, daß auch die Kleinen ganz auf der Welt sind. All die Genannten waren also näher bei hundert Zentimetern und waren auch Menschen, während ich eindeutig näher bei zweihundert Zentimetern war. In jungen Jahren wog die Jugend viel auf: Der Kleine ist aber süß! hieß es von mir. Als Kind war ich so schön, daß die Frauen stehenblieben und sich mit mir auf dem Arm fotografieren lassen wollten. Ich war in der Endausscheidung für den ersten TV-Werbespot für Kindernahrung. Aber dann? Besonders schmerzlich war die Tanzstundenerfahrung. Spätestens da hätte ich mich damit abfinden müssen, daß ich der Kleinste von allen, die Mädchen mitgerechnet, war, zumal auch die Kleinsten von ihnen das Privileg des Stöckelschuhetragens hatten und mich von da in die Schranken wiesen. Keine von ihnen wollte mich als Partner haben. Der Tanzlehrer drohte mit Strafmaßnahmen und mußte doch wieder vor jeder Stunde eine Partnerin für mich finden. Die Liste habe ich übrigens bis zum heuten Tag fortgesetzt (neuester Eintrag: Sepp Trütsch, 1,59 Meter, und Lisa della Casa, 1,49 Meter) und davon geträumt, irgendwann auf irgendeine Art berühmt zu werden und dann von schönen Frauen umringt zu sein, wie alle großen Kleinen, das tue ich immer noch. Also: klein bin ich schon, jetzt muß ich nur noch groß werden. Ein Trost war und ist, daß das Gesicht blieb, du weißt: mein schönes Gesicht. Oft habe ich mich im Spiegel betrachtet, freilich nur im Sitzen. Ich fand mein Gegenüber so gesehen hinreißend! Kannst du dich daran erinnern, wie ich auf unseren Ausflügen darauf drängte, daß keine Fotos im Stehen gemacht würden? Die Gruppe sollte im Gras sitzen, ich in der Mitte. So täuschte ich auf Fotos eine Existenz vor. Und als Achtzigjähriger würde ich sagen, ich hätte durch das Alter und eine seltene Krankheit, der ich den Namen Implosiais beziehungsweise Morbus Hotz geben wollte, durch diese Art Schrumpfungsprozeß des Körpers, etwa zwanzig Zentimeter verloren. Obwohl ich doch so unscheinbar war, daß ich nicht übersehen werden konnte, wie ich glaubte, erinnerte sich kaum jemand an mich. Ich mußte mich immer wieder neu vorstellen und immer wieder neu vorgestellt werden. Meist hat man mich mit falschem Namen angeredet. Das war schon im Kindergarten so. Ja, schon zu Hause und in der Schule, bis zuletzt ist das immer wieder geschehen. Man sagte Ekbert oder Erhard, Eberhard oder gar Engelhard zu mir, statt Engelbert. Mir prägte sich diese Welt dadurch ein, daß sie jene war, die mich nie recht wahrgenommen hat. Wenn ich vom Internat nach Hause in die Ferien kam, konnte es geschehen, daß mich unsere Mutter mit Engelfried anredete und es nicht einmal bemerkte, weißt du noch? Und ihr habt mich zuweilen gemustert, als ob Ihr nicht wüßtet, wo Ihr mich hintun solltet. Ich fürchte, daß mich nicht einmal unser Hund wiedererkannte.

Unsere Zwerge! Wir stammten alle von der spanischen Zwergenlinie ab, wie sie Velázquez gemalt hat. Unklar war und blieb, wie wir nach Waldshut gekommen waren. Strenggenommen hatte es bei uns einen richtigen Zwerg zwar nicht gegeben bisher, auch unser Onkel und ich waren doch nur ein Zwischending, eine Erscheinungsform auf dem Weg zum Zwerg, der in ihm und in mir angelegt und angedeutet war. Unser Onkel war ja so weise, keine Kinder in die Welt zu setzen. Er hätte hier für die ganze Welt Vorbild sein können, war es aber praktisch nur für mich. Mein Blick auf den Onkel ließ immer wieder die Urangst vor Zwergen, vor dem Zwerg, der jederzeit wieder erscheinen konnte, ausbrechen und hielt mich von einer sogenannten Zeugung wie von einem Attentat ab. Die vage Überlieferung, daß unter diesen Vorfahren ganz berühmte gewesen seien, daß wir von Menschen abstammten, die von Velázquez gemalt wurden, hat uns aber auch stolz gemacht, wenn nicht eingebildet. Wie die genealogische Linie verläuft, konnten wir nie sagen. Erst den Studien unseres Heimatforschers verdankten wir die Einsicht, wenn nicht Kenntnis, daß wir mütterlicherseits von Vorfahren abstammten, die als Spielzeug für Infanten und Kardinäle am spanischen Hof gehalten wurden, die ebenfalls streng nach dem spanischen Hofzeremoniell ihr Leben geführt haben, wie sich unser Heimatforscher ausdrückte, und eine Kostbarkeit waren, so prestigeträchtig wie Papageien und andere Tiere, die sich nur die höchsten Menschen von damals leisten konnten und die ebenfalls nach dem spanischen Hofzeremoniell leben mußten, ob Papagei oder nicht. Du weißt, auch sie hat Velázquez gemalt. Es gibt jenes berühmte Bild mit Papagei und Jagdhund, und in der Mitte steht ein direkter Vorfahre von uns allen, mütterlicher-

seits, auf einem Schemel. Ein böses Bild! Sogar der Papagei scheint größer als unser Ahne, während der Jagdhund eindeutig größer ist.
Da sich meine Größe früh abzeichnete (ich war und blieb vom Kindergarten an immer einen Kopf unter meiner jeweiligen Umgebung), hieß es jeweils bald: Aber die Glieder! Alle! Gesund! Unsere Mutter pries mich an: »Aber er hat keinen Buckel!«, »Er ist kein Linkshänder!«, »Er raucht nicht!«, »Diese Augen!«, »Er ist anständig. Er hat keine Freundin!«, »Er liest!« Derart wurden meine Vorzüge herausgestellt. Ach, lieber Bruder, ich war kein Objekt der Begierde. Tatsächlich hat zu mir auch niemals ein Mensch gesagt: »ich will dich!« so wie man »ich will dich!« sagt, so wie ich es in den Filmen gesehen habe, höchstens einmal ein Besoffener oder eine Frau mit übergroßem Herzen oder sogenanntem Helfersyndrom hat dies zu mir gesagt. Meist aber hörte ich Sätze wie »Wir passen nicht zusammen.« oder einfach »schade« oder »was fällt dir ein!« oder »Du kriegst gleich eins auf die Pfoten! – Laß das!« und das herzzerreißende »Können wir nicht Freunde bleiben?« Und meine Mutter? – Mit Schrecken erinnere ich mich an den Tag, als wir zum Einkleiden für den Winter in die Stadt fuhren und meine Mutter der nächstbesten Verkäuferin beim Unterhosenkauf sagte: »Er wird nämlich Priester!«

So fiel meine Kindheit zusammen mit Benno, unserem Hofhund, der mir mein Wiegenlied bellte, in die Nacht hinein, fiel zusammen mit der Kette, die ich noch höre, wie sie am Boden entlangschleift. Als Kinder stritten wir uns darüber, ob es beim Zahnarzt oben oder unten mehr wehtut und ob es überhaupt oben oder unten, vorne oder hinten mehr weh tut, weißt du

noch? Ihr wart auch Witzfiguren, aber stattliche Witzfiguren. Wenn ich aber auf die Anzeigen hin an den Haustüren erschien, um mich vorzustellen (für diese und jene Gelegenheitsarbeit, Babysitten, Hundeausführen, Nacktputzen), begannen die Kinder zu weinen. Eine Dame, deren Katze ich hütete, wollte mich nachher auf Schmerzensgeld verklagen: sie erklärte, ihre Katze sei meinetwegen krank geworden und klage nun über Herzrhythmusstörungen und Verdauungsschwierigkeiten und könne meinetwegen nicht mehr schlafen. Wenn ich alles recht bedenke, so konnte ich immer gehen, wohin ich wollte. Es gab keinen Menschen, der mich aufgehalten hätte. Alle haben drei Kreuze gemacht, als ich ihnen aus dem Weg ging. Ich war wohl keine charismatische Erscheinung.
Einmal hat ein Betrunkener hinter mir hergerufen: »Du bis' so schön wie Freddy Quinn!« Bis heute bin ich mir nicht ganz sicher, ob ich überhaupt gemeint war, und auch nicht, ob dies ein Kompliment, eine Herabsetzung oder nur ein Vergleich sein sollte. Aber ich lief doch nach Hause, um mich vor den Spiegel zu stellen und herauszufinden, ob ich so aussah wie Freddy Quinn – oder vielleicht doch noch etwa mehr hergab. Damit mußte ich auch noch leben. Zu Freddy: auch er steht in meiner Liste (1,57 Meter). Ich muß zugeben, daß mich bis zum heutigen Tag kein Mensch unsittlich berührt hat; hätte ich darauf gewartet, wäre es vergebens gewesen. Ich machte Anstalten, machte es den Menschen leicht, aber am Ende kommt einer, der sagt: Du siehst so aus wie Freddy Quinn.
Schließen möchte ich meine kleine Geschichte mit den Bertullis, die ich kurz vor meinem Ausflug nach Afrika gekauft habe, kurz nachdem du mir die Notiz aus der *Praline* aufs Nachttischchen gelegt hattest. Ja, aufgrund dieses Schuhs geht das

Leben nun weiter. Wenn er auch nicht ganz das gehalten hat, was er versprach, hat er doch das gehalten, was ich mir versprach: ein Leben.

So wie sich jene Karmeliterin in Demut übte, die den ganzen Tag in einem Korb das Holz in den Turm hinaufschleppte, das die Oberin oben in Empfang nahm und zum Fenster hinauskippte, um es dann wieder von derselben Nonne einsammeln und hinaufschleppen zu lassen, um sich in Bescheidenheit zu üben, so bin ich, war ich unter den Menschen »hindurchgegangen«, habe sie von unten her gesehen und mich in diese Perspektive eingeübt. Aber als ich von diesen Schuhen hörte, wollte ich sie haben. Der dicke Schmiehheimer (aus Schmiehheim bei Lahr) hat sie bezahlt. Ich hab die Bertullis abarbeiten müssen. Einen halben Sommer mußte ich mich mit ihm auf mein Inserat hin im Hauptbahnhof treffen und mir sein Geschwätz anhören, seine Liebe zu seinem zukünftigen Auto, das er schon vor über einem Jahr in Untertürckheim bestellt hatte, jenen Diesel ab Werk, ich weiß, es war Liebe; und wenn das Wort »Untertürckheim« fiel, hatte es etwas von »Liebe«, der Schmiehheimer hatte mir eine Seligkeit voraus; er machte das entsprechende Gesicht dazu, und ich meines. Möglicherweise hatte »Untertürckheim« für diesen Menschen den Klang, den für mich »Bertulli« hatte. Ich weiß es nicht, was für ein Gesicht ich machte, wenn mir das Wort »Bertulli« oder gar »Bertullis« einfiel, aber beim Schmiehheimer habe ich etwas Verklärtes gesehen, wenn das Wort »Untertürckheim« fiel, und es fiel immer wieder. Ich erinnere mich, daß auch Angelica genauso entrückt schaute, als wir eines Tages im Kommunalen Kino Platz genommen hatten und sie zwei Reihen vor uns Professor Cremerius erblickte, den Präsidenten der Psychoanalytischen Gesellschaft: und wie sie davon träumte, von ihm analysiert zu werden, und wie sie beim Aussprechen des Namens »Cremerius« einen ihrer seltenen Augenblicke des Glücks erlebte. Es war übrigens die Premiere des Films *Frauen am Rande des Nervenzusammenbruchs*. Ja, es war Glück, ich habe in Angelica nur dieses eine Mal die Idee des Glücks angedeutet gesehen. Sonst war sie unglücklich. Und so war es auch beim Schmiehheimer, der dasselbe Gesicht machte bei »Untertürckheim« wie Angelica bei »Cremerius« und ich wohl bei »Bertulli«.

Anfangs hat er mir noch ein Kompensationsgeschäft vorschlagen wollen. Der Schmiehheimer hatte noch in der schlechten Zeit drei Parkplätze auf Sylt gekauft. Er sagte, er wolle mich »dafür« auf die Insel einlagen, ich könne für eine Woche einen seiner drei Parkplätze haben. Ich merkte schon, er wollte mich in seine Parkplatzgeschichten hineinziehen, doch von dieser Angeberei hatte ich nichts. Ich wollte das Geld für die Schuhe: 900 Mark. Er wollte nur etwas »fummeln«, an mir »herumfummeln«, wie er sich furchtbarerweise ausdrückte. Ich forderte ihn auf, sich mit seinem Herrenhandtäschchen zu entfernen, als er mir das erste Mal damit kam. Er dachte, er hätte wohl ein Recht darauf, wir würden zusammenpassen: er mit seinen drei Zentnern, ich mit meinem 1,59 Meter und mit meiner Jugend ... ja, ich sah fast noch minderjährig aus, ich hätte immer noch wachsen können, so wie ich aussah; bis dreißig hat man mir überhaupt nicht angesehen, daß ich schon erwachsen war, so wie ich aussah; bis dahin war ich der Geheimtip und Schwarm aller Päderasten dieser Stadt gewesen.

Zu Hause hatte ich mich daran gewöhnt, zu den zehn kleinsten unter Dreißig zu gehören. In Frankfurt stieß ich auf die ersten hochgewachsenen Schwarzen, die mich, trotz meiner Bertullis, in jeder Hinsicht überragten. Das deprimierte mich. Hatte Adeltrudis, das Ziel meiner Reise, nicht durchblicken lassen, daß es mir auf ihrer Insel besonders gefallen würde, da lebe im Urwald ein Volk, zu dem ich gut passen würde. Daß es sich um ein Pygmäenvolk, mit dessen König ich mich dann etwas angefreundet habe, handelte, hat sie mir verschwiegen. Drei Tage Stop-over in Lissabon: im Portwein-Institut kam ich in ein kleines Gespräch mit dem Ober, alles sehr gepflegt. Aber ich habe es doch nicht über die Lippen gebracht zu sagen, woher ich kam. Der Ober kam über eine andeutende Schwärmerei nicht hinaus, als ich »Switzerland« sagte. Ich habe nämlich, wenn ich im Ausland war, nie über die Lippen gebracht zu sagen, daß ich aus Deutschland stammte, sondern habe immer »Switzerland« gesagt, außer in der Schweiz, wo ich sagte, daß ich aus Bregenz stammte. Denn ich wollte, aus einem kleinen Patriotismus heraus, nämlich einerseits Deutschland nicht beschämen im Ausland; ich wollte nicht, daß sich dieses Land mit mir zusätzlich blamierte, nein; und andererseits wollte auch ich mich nicht blamieren und mich nicht ein Leben lang schämen müssen, nur weil ich die Wahrheit sagte, die darin bestand, daß ich aus Deutschland kam. Den schönen Hotzenwald habe ich nie verleugnet, och es hatte keinen Zweck zu sagen, daß ich aus dem schönen Hotzenwald kam, von dem schon in Bayern kein Menschen sagen konnte, ob dieser Wald in Deutschland, der Schweiz oder sonstwo auf der Welt lag. Einen Augenblick überlegte ich, ob ich »Black forest, Switzerland« sagen sollte, ließ es aber.

Trotz meiner Bertullis war ich auch in Lissabon eine Nebentischgröße. Folglich saß ich zu Recht am Katzentisch, da hin-

ten, an der Stelle, wo sich der Weg zur Damen- und Herrentoilette gabelte.
Mit meinen Bertullis und dem rotfleckigen Hotzenwäldergesicht konnte ich in Lissabon nicht auftrumpfen. Mein Gesicht war nicht die Welt, sondern der Hotzenwald, in ihm spiegelte sich nicht die Welt, sondern die Hinterwelt, ich kam aus dem Hinterland des Schmerzes. Ich glaube, ich sah einfach nur töricht und mickrig aus, ohne jedes Attribut von Schmerz und daraus resultierender Größe. Ich würde es nie zu einer Primadonna der Schmerzen nach dem Vorbild Lissabons bringen. Und doch: Ich hatte mir die Einwohner Lissabons noch tragischer, noch erhabener in ihrem Schmerz vorgestellt, als wandelnde Fados –, es sah aber das meiste eher gewöhnlich aus, wie ich mir eingestehen mußte. Ich sah Gestalten wie Euch, Brüder, eher Gourmets als Tragiker, eher dem Stumpfsinn verpflichtet als dem Schmerz. Vielleicht waren sie etwas größer als ich, selbst hier, ich gebe es zu.
Dennoch: Das Leben schien mir zehn Zentimeter leichter zu sein in Lissabon. Und die Regel war, daß die Frau von Lissabon etwa einen Zentimeter kleiner war als ich, ohne Bertullis. Schon dachte ich daran, mich hier anzusiedeln. In der Linie 28 verglich ich mich mit den anderen, eine Art Leistungsschau. Touristen? – Gar aus dem Norden? – Oder einfach der hochgewachsene Seefahrertyp, durch jahrhundertelangen Mastkorbbestieg herausgemendelt, wie ich dachte, und nicht der gedrungene, schenkelbetonte, erdverhaftete Fußballer, kein Maradona, sondern: »Ich schau' hoch vom Mastkorb weit in die Welt hinein« (La Paloma), eine Mastkorbexistenz, ein Tagtraum. Den sogenannten neuesten Forschungsstand gab dies gewiß wieder einmal nicht ganz korrekt wieder. Wahrscheinlich

lag ich wieder einmal nicht ganz richtig, ja geradezu falsch, denn ich hätte wissen müssen und wußte doch auch, daß der Mastkorbmensch eher zu den gedrungenen Erscheinungsformen gehörte: Es waren doch immer die Kleinsten, die für den Mastkorb auserwählt waren. Sie durften von dort oben in die Welt schauen, oh ja, ich wäre ein Jockey der Meere geworden … An dieser Stelle breche ich ab.«

Letzte Heiterkeit

Gehversuche auf Heideggers »Feldweg«

Martin Heidegger wurde am 26. 9. 1889 im damals badischen, immer noch sympathischen Landstädtchen Meßkirch geboren. In Meßkirch lernte Heidegger essen und trinken, laufen und sprechen, selbstverständlich auch denken. Eines Tages verließ er, wahrscheinlich mit dem Zug über Sauldorf, Schwackenreute, Stockach und Radolfzell sein Meßkirch und erreichte Konstanz, wo er in kirchliche Zucht genommen wurde. Obwohl mißhandelt, hat er seinem Konradihaus zeitlebens ein frommes Andenken bewahrt. Charakterfrage. Wegen seines schwachen Körpers wollten ihn die Jesuiten in Feldkirch nicht haben. Er selbst entkam geraume Zeit später dem Freiburger Priesterseminar mit knapper Not, um alsbald auf eigenen Füßen und Wegen zu philosophieren. Wegen seines schwachen Körpers überwachte er zusammen mit dem Maler Julius Bissier die Feldpost der Frontsoldaten, schrieb Sein und Zeit und wurde weltberühmt, wie ich von seinem Vetter, unserem Sauhändler, erstmals erfuhr. Das war im Jahr, als Heidegger seinen fünfundsiebzigsten, ich meinen zehnten Geburtstag feierte (1964).

Heidegger kehrte, obschon weltberühmt, immer wieder nach Meßkirch zurück. Ja, man darf sagen, daß er eigentlich nur noch zwischen Freiburg, Hütte und Meßkirch hin und her fuhr. In Tuttlingen ließ er sich, von der Löffinger Schwester herkommend, vom Freund seines Bruders mit dem Auto abholen, nachdem eine Anfahrt mit dem Zug nicht mehr möglich war, als Meßkirch vom Eisenbahnverkehr abgeschnitten war. Dem Fahrer schenkte er den Feldweg, den gedruckten natürlich. Dieser kleine Text von kaum vier Seiten wurde, leichtfertig gesagt, in alle Sprachen übersetzt, auch ins Norwegische und Japanische. Nur das muttersprachliche Alemannisch fehlt noch. 1949, sechzigjährig, vier Jahre nach dem Ende des sogenannten »Zweiten Weltkriegs«, kehrt die »junge Unbeholfenheit« von einst (vgl. »Feldweg«) noch einmal zum Denken in der Nachbarschaft des Landmannes am Feldweg ein und schreibt der Heimat den »Feldweg« ins Poesiealbum.

Heidegger auf dem Feldweg

»Er läuft aus dem Hofgartentor zum Ehnried.« Eine Betonschneise durch erschlossenes Gebiet. Nicht einmal mehr die gemeine Lerche hat über dem Feldweg etwas zu singen. Eine Tafel ist mittlerweile angebracht, damit keiner den Feldweg verfehlt. *Am Feldweg* steht drauf. Doch der Feldweg ist kein Feldweg mehr, sondern eine Erinnerung. Das war schon für den Denker so, über den die Erinnerung feldwegartig hereinfällt. Die Bestürzung darüber ist groß. Sie versteckt sich hinter der »hohen Eiche« und der »roh gezimmerten Bank«, auf der »bisweilen die eine oder andere Schrift der großen Denker« (lag), »die eine junge Unbeholfenheit zu entziffern versuchte«. Heidegger auf dem Feldweg, mit dem Rucksack fürs Nötigste. Sie hat ihm die Mostflasche wieder herausgenommen. Aber er bemerkt es erst, als es schon zu spät ist, als er sich zum Vesper bei der »roh gezimmerten Bank« niederläßt, durch den Lodenrucksack hindurch ins Leere greift und, es begreifend, sich an die »hohe Eiche« lehnt. Denn sie läßt nicht mit sich spaßen.

Vielleicht geht hier meine Einbildung zu weit. Doch ich habe Heidegger leibhaftig gesehen. Er kam durchs Hofgartentor mit seinem Bruder, während ich vor Füssingers Holzschopf auf den Bus wartete. Die Erscheinung ging an mir vorbei, ich schnappte einen tiefen Blick auf und beinahe hätte ich ein Kreuzzeichen gemacht, so wie ich damals ein Kreuzzeichen machte, wenn ich an etwas Heiligem vorbeiging. Wenn ich mich recht erinnere, machte ich sogar ein Kreuzzeichen, anstatt »Grüss Gott« zu sagen, was der Philosoph aber nicht zu bemerken schien.

»Ob ein Erntewagen in den Fuhren des Feldweges heimwärtsschwankt?«

Als meine Literaturempfehlung: Neben dem »Feldweg« bitte auch einen Bericht über die Einführung moderner Landmaschinen lesen. Zweifellos hat der Denker außer dem »Landmann, der in der Morgenfrühe zum Mähen geht«, auch noch die Traktoren und Mähdrescher und Landmaschinen der Firma Mengele auf dem Feldweg gesehen, dessen geteerter Grund nun eine schnelle, keineswegs schwankende Heimkunft erlaubt. Manchem Traktor mit modernstem Güllenfaß mußte der Denker auf seinem Feldweg noch aus dem Weg gehen. Wäre er nämlich nicht aus dem Weg gegangen, wäre er umgefahren worden und mit seiner Philosophie am Ende gewesen. So etwas geht schnell. Der Feldweg gibt sich heutzutage zubetoniert und hört auf keine Argumente. Würde auch dem Denker nichts mehr sagen.

Die Weite des kargen Landes

»Karg« bezweifle ich, aber »kalt« stimmt. Das Ende der Osterzeit war gewöhnlich auch das Ende der Schneewehen, so kalt war es um den Feldweg herum. Gegen die Schneewehen gibt es vorläufig noch die Schneeblenden bis zum Ausbleiben der Schneewehen (Klimakatastrophe im nächsten Jahrtausend). Dann könnte Heidegger auch im Winter ohne Schneestiefel auf den Feldweg. Aber was für ein »Feldweg«?: »Schritt des Landmannes«? »Morgenfrühe«? »Reisigbündel beim Zunachten«? Der frühe Aufbruch kommt noch in den Romananfängen des neunzehnten Jahrhunderts vor. Hat Heidegger seinen Feldweg geschrieben, als er den Bezug zu den Feldwegen um 1950 verloren hatte? Armer Feldweg, der nicht nur »den Mann beim Zunachten«, sondern auch noch dessen »Reisigbündel« zu tragen hat. Doch die Hackmaschine nimmt dem »Holzhauer« heutzutage die Arbeit ab. Der sogenannte »Reishäcksler« ermöglicht ein Verarbeiten und Verladen des anfallenden Reisigs schon im Walde. Und dann der Elektroherd, auch in Meßkirch! Die Hausfrau wüßte nicht, wohin sie mit einem solchen Reisigbündel sollte, das der arme Mann beim Zunachten über den Feldweg schleppte. Selbst das Verbrennen im Garten ist von oben her verboten.

Viele Wege führen nach Meßkirch

Einer davon ist der »Feldweg«, der nach Meßkirch, aber auch von Meßkirch weg führt. Früher, als es sich noch um einen richtigen Feldweg handelte, hieß er das Bichtlinger Sträßle, weil er zu den Bichtlingern hinüberführte. Kleiner Grenzverkehr, Nebenstrecke. Für die schnelle Vorbeireise angelegt,

»Optimal ausgebaut« ist die Anreise von Menningen, Ulm, Salzburg, Wien her. Im Jahr des großen Geburtstages ist eine gewaltige Umgehungsstraße im Bau. Sie hätte um ein Haar auch Heideggers »Feldweg« gekreuzt. Tübingen, dem auch Meßkirch ungefragt »zugeschlagen« wurde, hätte auf den weltberühmten Feldweg keine Rücksicht genommen. Andere, nicht feldwegbedingte Gründe führten dazu, daß die Umgehungsstraße (d. h. die Umgehung von Meßkirch, wie das Wort genau festhält) nun nicht den Feldweg kreuzt, sondern unmittelbar hinter Heideggers letzter Ruhestätte, dem Gottesacker von Meßkirch, vorbeiführt.

Ganz in der Ferne winkt bzw. grüßt das alte Meßkirch, gegründet bald im Jahre 1 nach Christus, wie ich vermute. Schon sehe ich das bedeutende, wackelige Schloß und erkenne die Liebfrauenkirche im Neigungswinkel, alles erste Qualität. Von der Martinskirche meinte Pius XII., als er hier zu Besuch war: mindestens die Größe einer Kathedrale. Zur Linken taucht das Städtische Freibad St. Martin auf, das vor Jahren wegen schwimmender Fäkalien erst geschlossen, dann wieder geöffnet wurde. Ich wollte schon ewig dort wieder einmal schwimmen, einen ausgedienten Autoschlauch um den Bauch. Habe diesem Bad, das mich schwimmen lehrte, immer ein ehrendes Andenken bewahrt, auch in seiner dunkelsten Zeit. Das Industriegebiet grüßt ins Ablachtal geschmiegt. Meßkirch hat, so habe ich gelesen, die höchste Arbeitslosenquote, die höchste Pleitenquote und die höchste Selbstmordquote in der Bundesrepublik. Zählt man die weggezogenen Selbstmörder und jene, die sich auswärts umgebracht haben, dazu, so rangiert hier Meßkirch weltweit ziemlich oben. Ist der Durchschnittsmensch also nirgendwo unglücklicher?

Ich kann auch von Krumbach her einfahren. Die freundlichste Möglichkeit überhaupt, stehen doch bis an den Rand des Altstadtkerns freundliche nun aber schwarzbunte Kühe herum. Oder von Schnerkingen her: den Königreichsaal der Zeugen Jehovas und die Besamungsstation lasse ich je für sich links liegen. Von der Nepomukbrücke aus wurden vor kaum zweihundert Jahren die letzten drei Hexen in die Ablach gestürzt, alle zusammen in einem Sack, mit Hund und Katz und einem Igel. Der damalige Pfarrer von Meßkirch betrieb diese plötzliche Himmelfahrt, wie man in den Akten nachlesen könnte. Langweilige Geschichte, alte Geschichten.
Bald komme ich vor einer großstädtischen Ampelanlage zum Stehen. Sie regelt den ausbleibenden Verkehr. Bei klarem Wetter sehe ich von hier bis zum stillgelegten Bahnhof, Schauplatz der Fernsehdokumentation »Verwahrlostes Deutschland«. Finis terrae. Bin ich hier jahrelang angekommen?
Oder ich fahre von Tuttlingen her. Sehe von der Stadt und ihren fünftausend Einwohnern zunächst fast gar nichts. Ein Heuschober sowie ein Öltank neben einer Reihe ausgeschlachteter Landmaschinen deuten auf eine menschliche Ansiedlung. Scharf links, im Sautal, ist das Dach von Konradin Kreutzers Geburtshaus auszumachen. Gelegentlich betet der Stadtneurotiker beim Pestkreuz pudelnackt für den Weltfrieden. An dieser Stelle will Graf A., der Bürgermeisterkandidat, den Asylantenturm bauen. Er will ihn durch »Hereinschaffung« von Asylanten mit dreißigtausend Ostasiaten bevölkern, um der Stadt eine Zukunft zu geben. Die Stadtteile will er durch achtspurige Autobahnen miteinander verbinden. So sehr liegt Meßkirch am Boden, daß ein Teil der Bevölkerung auf den Bau des Turmes hofft.

Meßkirch könnte heute auch so wie Tuttlingen, Singen oder Sigmaringen aussehen. »Aufstrebend« sein, hätte es nur die »Neue Zeit« von Anfang an mitgemacht. Florierende Industrie, florierendes Nachtleben, Gäste aus der Schweiz. Aber wollen wir überhaupt so etwas unserem lieben Meßkirch wünschen? Ich nicht.

Wir sind am Ende, wenn nicht, sagt sich Meßkirch. Vielleicht kommt die Rettung vom Feldweg her. Feldwegtourismus, dann wäre mit dem Feldweg wenigstens unserer Stadt geholfen. Doch vorerst erfaßt die Stadt eine unbeschreibliche Lethargie. Nicht einmal mehr die Nachricht, das Land Baden-Württemberg (immer diese Württemberger!) plane, alle Tierkörperbeseitigungsanstalten des Landes aufzulösen, um sie an einem Ort: in Meßkirch, zu einer Großanlage, der modernsten auf der ganzen Welt, zu vereinen, konnte vor Ort irgendwelche Proteste auslösen. Das hieße, daß die Meßkircher Katzen – freilich nicht die der ortsansäßigen, weithin bekannten Katzenzunft –, die bisher noch vom Orsinger abgeholt und in Orsingen zu Seife verarbeitet wurden, an Ort und Stelle ihrem Zweck zugeführt werden könnten. Meßkirch wird bald, so sich nichts ändert, »Das tote Messkirch« heißen, Meßkirch-la-morte. Übergangen von der »Neuen Zeit« liegt es schon halb betäubt am *Bichtlinger Strässle*, das Heidegger zuliebe in *Am Feldweg* umgetauft wurde. Warum ich das alles erzähle? Weil Meßkirch noch seinen *Feldweg* hat und um den »Zuspruch des Feldweges« auch weiß. Denn dieser »erweckt einen Sinn, der das Freie liebt und auch die Trübsal noch an der günstigsten Stelle überspringt in eine letzte Heiterkeit«.

»Time is the echo of an axe within a wood«

Die Zeit ist das Echo der Axt im Wald, so der englische Dichter Philip Larkin. »Zu Zeiten«, so sagt dem Wanderer auf dem Feldweg die Erinnerung, fiel »mitten im Wald eine Eiche unter dem Schlag der Holzaxt«.

Der Feldweg ist voller Zeitzeichen. Der Vater und die Eiche sind aufeinander zugeordnete Symbole der Kontinuität. Die in den Himmel wachsende und im Dunkel der Erde wurzelnde Eiche am Feldweg steht gegen die Vergänglichkeit. Die um den Feldweg wiederkehrenden Jahres- und Lebenszeiten ebenso. Selbst vom Vater zu Mostfässern verarbeitet, trotzt die Eiche noch eine Zeitlang der Zeit. Der Vater, der Vorläufer, verbürgt ebenfalls als Glied in der Generationskette Halt in der Zeit. »Hier hantierte er bedächtig in den Pausen seines Dienstes bei der Turmuhr und den Glocken, die beide ihre eigene Beziehung zu Zeit und Zeitlichkeit unterhalten.« Es ist fast wie bei Adalbert Stifter.

Eine unterschwellige Angst begleitet den Wanderer auf dem Feldweg, der sich an den beschwörend genannten Dingen um den Feldweg Halt zu verschaffen versucht. Vergewisserungen; nachträglich deklariert sie die Erinnerung als »Spiel«. »Mutter« und »Glanz« überhöhen in innigster Verbindung Vater, Spiel und Turmuhr.

»Das Einfache verwahrt das Rätsel des Bleibenden und des Großen«

Vielleicht auch auf der Bank unter der Eiche hat die »junge Unbeholfenheit« Stifter zu entziffern versucht; spätestens 1905 hat

Heidegger in einem ausgedienten Eisenbahnwaggon im Konstanzer Hafengelände die *Bunten Steine* Adalbert Stifters gelesen. Der ein knappes Jahrhundert später erschienene *Feldweg* ist mit viel Stifter im Kopf zu Blatt gebracht. Warum auch nicht! Stifter hat seine programmatische Vorrede zu den *Bunten Steinen*, in der er die Kraft des Geringen als welterhaltend preist und sein »Sanftes Gesetz« verkündet, nach dem Zusammenbruch der Revolution von 1848, die für ihn mit einer Flucht nach Linz endete, geschrieben. Heideggers Feldweg ist ebenfalls nach einem Zusammenbruch, allerdings von welthistorischer Dimension, geschrieben. Er ist ein Besinnungstext (aus dem Geist Stifters): »Das Einfache verwahrt das Rätsel des Bleibenden und des Grossen.« Dieses »Einfache« steht gegen »Die Riesenkräfte der Atomenergie«, den Schrecken ohne Ende, die Angst. Ausgerechnet die *Eisgeschichte* aus der *Mappe meines Urgroßvaters* liest Heidegger im Schweizer Radio. Diese Geschichte »beschreibt« die Angst vor einer Katastrophe, die zum Untergang führen könnte. »Das Hörenlassen des Unausgesprochenen im Gesprochenen« ist für Heidegger das Kennzeichen dieser abgründigen *Eisgeschichte*. Im *Feldweg* ist auch schon vom »Ungesprochenen ihrer Sprache« die Rede (»Die Weite aller gewachsenen Dinge, die um den Feldweg verweilen«), unmittelbar vor dem Satz »Der Mensch versucht vergeblich, durch sein Planen den Erdball in Ordnung zu bringen, wenn er nicht dem Zuspruch des Feldweges eingeordnet ist«. Im *Feldweg* wie bei Stifter kommt die unaussprechliche Angst zu Wort. Mich hätte es nicht gewundert, wäre auch Heidegger ähnlich gewaltsam wie Stifter gestorben, dieser bis zu seinem Tod harmlos scheinende Feinschmecker und Katholik (Synonyma).

Doch zumeist ist im *Feldweg* wie bei Stifter von »einfachen« Dingen des Lebens die Rede, dies oft bis in die Wendung hinein. »Die sanfte Gewalt des Feldweges« (so der *Feldweg*) ist dem »sanften Gesetz« Stifters (so Vorrede zu den *Bunten Steinen*) nach-empfunden. Stifters Leitworte und -gedanken sind: »Einfachheit«, »heiter gelassenes Sterben«, »das sanfte Gesetz, wodurch das menschliche Geschlecht geleitet wird«. In der Spur des *Feldweges* finde ich: »Das Einfache verwahrt das Rätsel des Bleibenden und des Großen«, die »sanfte Gewalt des Feldweges«, die »die Riesenkräfte der Atomenergie überdauert«, »das gelassene Sterben«. Auf engstem Raum (*Feldweg*: vier Seiten; Vorrede: sieben Seiten) erweisen sich Stifter und Heidegger als Brüder im Geist. Der alte Scholastiker Heidegger freilich wußte, worauf er sich berief, und dachte wohl, seine nachgeborenen Leser wüßten's auch. Die Quelle wird nicht angegeben, sondern vorausgesetzt, ganz so wie bei den guten alten Scholastikern. Schon Stifter und in seinem Gefolge Heidegger weisen, beide von einer Talsohle aus, den Weg des Einfachen. Und wenn ich genau hinhöre, höre ich aus der »Vorrede« und dem *Feldweg* heraus, daß meine beiden Grundsatz-Erklärer ein klein wenig eingeschnappt sind, weil doch niemand auf sie hören wird. Also wird um so trotziger gewiesen, wo es langzugehen hat: nur in der Nähe des Feldweges.

Hätte man doch auf den *Feldweg* gehört: die Erde als Lebensraum des Menschen, nicht des Rabauken und Plünderers, sondern des Gärtners; Warnung vor blindem Fortschrittsglauben, vor den »Riesenkräften der Atomenergie«. Heidegger hat seinen *Feldweg* aus dem Geist Stifters und nicht, wie Robert Minder in seiner schlampigen Arbeit über unser Meßkirch unterstellt, von der Blut-und-Bodendichterin Josefa Berens-Totenohl her geschrieben. Und auch nicht aus dem Geist irgendeines anderen sogenannten »Blut-und-Boden-Dichters«. Die »Feldweg-Prosa« mag vielleicht nicht ganz so gut sein wie die des Vorbildes Adalbert Stifter, aber so schlecht wie die Josefa Berens-Totenohls ist sie auch nicht.

Alles sehr fromm

Das Beschreiten des Feldweges ist ein quasi liturgischer Akt. Der Feldweg selbst wird sakralisiert, eine Art Pilgerweg, Prozessionsstraße, Lebensweg und Lebenslauf. Nicht umsonst landen wir, wenn wir den Denker auf seinem Feldweg begleiten, schließlich, wenn auch nicht in, so doch bei der Martinskirche. Und am Ende hört man sogar die Glocken. »Die Glocken von St. Martin« …

Katholische Umzüge und Prozessionen, kirchliche Aufmärsche und Abläufe, die bis auf den heutigen Tag besser funktionieren als bei jedem Militär (das sich manches von Rom abgeguckt hat): Heidegger ist damit aufgewachsen. Von Kindesbeinen an marschierte er bei irgendwelchen Prozessionen und Wallfahrten mit, trug eine der Fahnen, den Weihwasserkessel oder das Rauchfaß, die Uniform des Ministranten, Seminaristen, Soldaten, Rektors, Festredners. Nach Konstanz kam er, um von kirchlichen Händen erzogen zu werden (ziemlich hart). Es ist erstaunlich, was *dennoch* aus ihm wurde, einmal in die Hände der katholischen Kirche gegeben und dazu noch einem sogenannten *Landsmann,* Konrad Gröber, der als Erzbischof von Freiburg mit Freisler freundliche Briefe wechselte und dem Schlächter seiner anbefohlenen Schafe Gottes Segen wünschte.

Groß im Kleinen, klein im Großen

In einer Zeit, die von »Sündigen« spricht und damit auch den zu hohen Kalorienverbrauch »Ich habe gesündigt, ich habe zuviel Schokolade gegessen« meint, liest sich der *Feldweg* sonderbar. Damals, als Heidegger ihn schrieb, hätte er – im Gründungsjahr der Bundesrepublik – als Aufruf zu Besinnung und Warnung vor einer globalen Zerstörung gelesen werden können. So könnte er auch heute gelesen werden. Aber Heidegger gilt weithin als, theologisch gesagt, unbußfertig. Man vermißt ein »Sündenbekenntnis«. Seine Äußerungen werden als Rechtfertigungen gelesen. Ist am Ende auch der *Feldweg* ein Stück Rechthaberei, eine Auslassung? Nichts gegen die fleißigen Arbeiter, die sich einen Namen gemacht haben dadurch, daß sie Heideggers Sünden aufgespürt, gesammelt und allen vorgezeigt haben; auch wenn sie selbst gar nichts bieten, über das man sich streiten könnte: »Groß im Kleinen, klein im Großen«. Putzfrauen im philosophischen Betrieb, das muß es wohl auch geben.

Feldweg – wo soll das sein?

Und dies in einer Zeit, »überflogen von Sternen, die Menschenwerk sind« (Celan). Das gewöhnliche Auge unterscheidet einen Sputnik von einem Stern nicht. »Heimat« in der Nähe, aus der Nähe des Feldweges, vom »Hofgartentor zum Ehnried« laufend?

Heimat, deine Sterne! Auch über den Feldweg ziehen jetzt Sputniks und andere hinaufgeschossene Sterne ihre Bahn.

Die Erinnerung ist so brüchig wie die »roh gezimmerte Eichenbank«, auf der sie sich niederläßt. Vor wie vielen Jahrzehnten schwankte hier zum letzten Mal ein Erntewagen »heim« (vgl. *Feldweg*)? Die Eiche allerdings »grüßt« noch. Kommen Gäste aus Japan, dann zeigen sie mit dem Finger auf den Feldweg. Halb so schlimm, sie wissen ohnehin nicht, was ein Feldweg war. Wären sie ein paar Jahrzehnte früher gekommen, hätte sie Heidegger auf ihm herumgeführt, hinter seiner Nase her. Er hätte auf die »roh gezimmerte Bank« gezeigt, auf der »bisweilen die eine oder die andere Schrift der großen Denker« lag.

Doch Japaner haben oft kurze Beine. Der Feldweg ist, so gesehen, eine Lüge. Eine gut asphaltierte Wohnstraße, deren Anlieger anscheinend Angst vor der Bepflanzung ihrer kleinen Vorgärten haben heutzutag, kein Baum weit und breit. Und die Eiche am Feldweg mit der Bank, auf der jene Schriften lagen, die »eine junge Unbeholfenheit« einst zu entziffern versuchte, ist ein der letzten.

Auch der Feldweg gehört zu den Holzwegen. Nicht umsonst kehrt der Denker mitten auf dem Weg wieder um. Oder ist es der Umstand, daß ein Weitergehen schließlich nur in den traurigen Ort Bichtlingen geführt hätte? Ein Holzweg im guten Sinn. »Holz lautet ein alter Name für Wald«, sagt Heidegger. Ein Holzweg sei ein Weg, der nirgendwohin führe und doch begangen sein müsse, um den Reichtum des Waldes zu bergen, sagt er.

Die Feldweg-Metaphorik scheint im Erntemonat 1989 hoffnungslos veraltet. *Damals* gab es wenigstens noch den »heimwärtsschwankenden Erntewagen« und das »Reisigbündel«. »Zunachten« ist auch heute noch ein Begriff. Und Mostfässer sind sogar wieder Mode. Der Rest ist von jener »Technik«, deren Gefahren Heidegger sah, vor denen er im *Feldweg* warnt, eingeholt und beseitigt. Archaische Bilder werden mit dem Atomzeitalter konfrontiert. Widerpart? Bilder, vor allem die Bilder der Erinnerung sind nicht alles. Die Eiche am Weg »grüßt« noch. Und auch noch ihre Warnung vor unmäßigem Wachsen gilt nach wie vor, ja, mehr als je.

Das Reisigbündel gibt es nicht mehr, aber die »Riesenkräfte der Atomenergie«, die gibt es noch. Und es gibt auch noch, wenn schon nicht mehr den »Feldweg«, so doch seinen Zuspruch. Der Mensch soll auf ihn hören. Er soll nicht die Erde »untertan« machen, sie nicht ausbeuten, wie die Bibel will, sondern bewahren. Hier kommt der *Feldweg* auch im Erntemonat 1989 zur rechten Zeit. Ist er am Ende ein grüner Gedanke, aus dem Leben sprießt?

Der Mississippi von Trempealeau aus oder »We are all waves to the same sea.« – Eine Reise zu dem Maler Mark Tobey

Es war der heißeste Tag in Wisconsin seit Beginn der Messungen. Ich kam mit dem Wagen von Centerville her. An der Überschwemmung war im Sommer zuvor meine Reise gescheitert. Und im Herbst desselben Jahres gab man mir auf dem Flughafen den bestellten Wagen nicht, denn ich hatte meinen Führerschein vergessen. Nun aber!

Damals hatte ich, im Zug nach Minneapolis, Whitefish (Montana), Seattle sitzend, nur hinüberblicken können. Trempealeau kam mit einigem Gold über das Wasser und es war Nacht. Ich saß in jenem Zug, den Tobey von Trempealeau aus gesehen hätte, auch nur ein Lichtstreifen auf der Höhe von Winona, mehr nicht. Ich hatte Trempealeau aufgegeben. Nun aber!

Das wunderschöne, ländliche Wisconsin hatte mich schon eingestimmt auf etwas noch Schöneres: das Wasser, wie es an Trempealeau vorbeifließt, als ich nun doch am Steuer meines Mietwagens, von Osten her kommend, saß. Das Land und der Himmel über Wisconsin sind etwas Wunderbares, die mich an eine Welt vor ihrer Zerstörung erinnerten. So mußte es auch bei mir zu Hause am Bodensee ausgesehen haben, dachte ich. Ich fuhr an den Seen von Wisconsin vorbei, an Seen, in denen sich der Himmel über Wisconsin spiegelte wie am Anfang, noch bevor die ersten Siedler ihre Hütten gebaut hatten, dachte ich. Tauchte eine Farm auf, so gefiel sie mir auch fast so gut wie ein Schwarzwaldhof. Oder nicht? Die Ähren wogten sacht …, und auf einmal, mitten in dieser Landschaft wohl ein Staatsgefängnis, ein Fremdkörper, eine Inkarnation von Gegenwart, in dem doch Menschen lebten? von deren Schicksal ich an diesem heißen, schönen Tag nichts wissen wollte. Hatte im Morgengrauen schon eine Hinrichtung stattgefunden? Das verwirrte Gemüt sagte sich, daß dies heute nicht sein durfte, und war bald wieder bei freundlicheren Ansichten. Später wurde ich beruhigt: in Wisconsin finden keine Hinrichtungen statt. Bald war ich in Centerville. Hier wurde Tobey geboren. Ich vermute, daß auch damals schon, 1890, hier wenig los war. Centerville »glänzte durch Abwesenheit«, war auch schön, sah aber nicht so aus, als ob es seine goldenen Zeiten hinter sich hätte. Aber auch nicht so, als ob es diese gehabt hätte. Und auch nicht so, als ob diese einmal kommen oder gar erwartet würden. Von wem? Ich will nur sagen, daß ich durch Centerville gefahren bin und keinen Menschen gesehen habe, vielleicht, weil es so heiß war, vielleicht weil Centerville so leer war. Einmal die Dorfmeile hinauf, einmal hinuntergefahren. Ich, war ich nicht auf der Suche nach Tobey? Ich war auf Weitereise eingestellt wie dieses Centerville, das, wie ich sah, aus der Kreuzung von zwei Straßen, die sozusagen Amerika miteinander verbanden, bestand. Aber den Osten ein wenig mehr mit dem Westen. Und den Norden ein wenig mehr mit dem Süden. Das Schwergewicht der Sehnsucht von Centerville, ihre Windrichtung: West-Südwest. Ich konnte also niemanden fragen, in welchem der weit auseinander an den beiden Straßen liegenden Häuser der Maler Mark Tobey geboren wurde. Ich fand keinen Menschen, den ich hätte fragen können, ob dieses Haus, gewiß ein schönes Holzhaus wie die anderen, noch stand, und wo. Centerville: trotz seines Namens eine Straße, zwei Straßen mit Häusern aus Holz, für nicht allzu langes Bleiben. – Ganz so wie bei Tobey!, dachte ich. Die beiden passen zusammen! Er muß also doch von hier sein! Das hier ist das richtige Centerville! Denn ich wollte zunächst nicht glauben, daß Tobey von hier aus seinen

Weg genommen hatte. Das ist der richtige Ort von und für Nomaden, wenn ich auch Tobey nicht zu den richtigen Nomaden zählen darf, so wenig wie zu sonst etwas *richtigem*. War Tobey Nomade, von Centerville aus gesehen? War er Maler? Was war er?

Immerhin: da sind sie hinausgefahren, es war dieses Centerville, das seine Eltern verlassen haben, mit einem Pferdefuhrwerk vermutlich, wenn nicht zu Fuß. Und mit ihm nach Tennessee und dann bald wieder zurück ins nahegelegene Trempealeau, fünf Meilen westlich gelegen und direkt am Wasser. Von hier an war Tobey, nicht ohne Hoffnung, immer unterwegs, ohne aber ein alter Nomade oder ein moderner Heimatloser zu sein, von Centerville an, bis nach Basel, eher zufällig, aber ein schöner Zufall. Mich erinnerte dieser Weg, von Centerville her gedacht, etwas an einen von jenen Wegen, denen der Amerikaner, die auf den Highways und Interstates mit ihren Trailern unterwegs sind. Das Schönste kommt noch, ist schon irgendwo. Das Leben: etwas, das man mit dem Trailer erreichen kann, und Centerville ist etwas, das man jederzeit verlassen kann, das einen Menschen nicht gefangenhält und Erklärungen fordert.

Centerville war, ganz im Gegensatz zu seinem Namen, auf schnelle Durchreise, auf Weiterreise, wohin auch immer, eingerichtet. Vielleicht ist es nach einem Sheriff benannt, der Center hieß? Ich fuhr die wenigen letzten Meilen nach Trempealeau, von Gefühlen in Beschlag genommen, wie es vielleicht den Wallfahrer überkommt kurz vor dem Ziel. Centerville ist nur ein Geburtsort, was Tobey angeht: in Trempealeau aber hat ein Maler sehen und gehen gelernt. Trempealeau liegt am Meer. So schien es mir wenigstens, als ich von oben her nach unten sah

und alles flimmerte. Das Licht und das Wasser waren fast dasselbe, und dieser Fluß ist mehr als ein Fluß, ist mindestens eine Erinnerung ans Meer, ist ein Meerarm. Trempealeau liegt an einer Bucht, Trempealeau ist ein Ort am Meer ... Und obwohl ich die Schiffe auf dem Fluß der Flüsse Amerikas sah und das Fließen, dachte ich: Hier will ich bleiben!
Centerville hieß nur so. Trempealeau klingt – am Mississippi gelegen – exotisch, aber schön und unverständlich. Ein bescheidener Name für so etwas Schönes, immerhin führt es das Wasser im Namen. In diesem Ort hat Tobey auch sprechen gelernt, und der exotische Name des Ortes, in dem er aufwuchs, – mitten in Amerika war es –, hat Tobey vielleicht ein erstes Mal mit einem größeren Zusammenhang konfrontiert. Natürlich auch dieser Strom, von dem er wohl nur gehört hatte, daß er ins Meer fließt. Die Mainstreet endet im 90-Grad-Winkel am Wasser, der Neigungswinkel dahin war beträchtlich, eine Art Steilufer – oder soll ich Küste sagen? Nun weiß ich, warum er später nach Basel kam, ich glaube es zu wissen: *nicht* wegen der humanistischen Tradition der Stadt am Rhein, wie ich gelesen hatte. Dies schien mir vor Ort geradezu lächerlich, nichts als eine Behauptung von Buch zu Buch, – und möglicherweise auf Tobey selbst zurückgehend. Es war der Weg zum Fluß hinunter hier wie dort, die Gasse und das Fließen, das Hinunter zu einem Wasser, das einen Bogen machte, um dann aufs schönste weiterzufließen: »We are all waves to the same sea.« Diese Lehre vom Fließen wurde Tobey als Kind zuteil. Dazu gehört auch die Landseite mit dem Felsen und den Wäldern, den nicht überschaubaren, ein Rest von Urwald und Indianern, deren Spuren Tobey in diesen Wäldern gesucht haben mag, wie ein Junge etwa, der zwischen Rhein und Donau aufwuchs, in den Wäldern nach Spuren von

Römern und Kelten gesucht hat. Die Landseite und ihr Urwald, ihre Art Unendlichkeit: die Wasserseite mit der ihren. Trempealeau, nur ein Dorf. Aber mit einer großen Möglichkeit: die Dauer im Wechsel wahrzunehmen und umgekehrt. Und ich? Anders als in Centerville, trotz seines Namens, hatte ich auf diesem Stück Land am Wasser das Gefühl, angekommen zu sein. Der Stein der Straße von Centerville »evozierte« Gehen, das Wasser vom Trempealeau: Bleiben. Das ist paradox. Jedenfalls war das Wasser einladend, und der Stein war abweisend. Er mochte Halt geben, aber er objektivierte auch, war eine erste Distanz, die mich zu einem Einzelwesen machte.
Der Tobey der ersten Jahre hat viel gesehen! Für einen Maler eine wunderbare Voraussetzung. Angekommen in Trempealeau dachte ich: Tobey ist sehr weit gelangt von hier aus. Aber auch, daß er so weit gelangt ist, weil es von hier aus war.
Mr. Lehmann, der ein Cousin Tobeys war, sagte mir im klimatisierten Supermarkt-Stehcafe, genannt *Eatery on Main*, daß Tobey nie mehr hierher zurückgekehrt sei. Das Haus, in dem Tobey seine Jahre am Fluß verbracht hatte, ganz so wie Tom Sawyer, nur wenige Jahre später, habe in der Second Street gestanden. Oder in der Third? Immer vom Fluß aus gerechnet. Hierher, in diesen klimatisierten Kühlraum, hatten wir uns verabredet, Mr. Oberlin, Mr. Lehmann und ich. Daß ich diese Menschen traf, die mir bezeugen konnten, daß dieser Tobey, der hier gelebt hatte, mein Tobey war, verdanke ich der Dame vom Chamber of Commerce. Ich hatte sie auf der Veranda liegend und schwer atmend und sich entschuldigend dafür, daß ihr Haus alt und nicht klimatisiert sei, angetroffen. Sie hatte nichts von Tobey gehört. Sie entschuldigte sich dafür, daß sie erst vor kurzem hierher gezogen sei, vom benachbarten La

Crosse. Sie bot mir, an Stelle von Tobey, die unterschiedlichsten, vom Chamber of Commerce zusammengestellten Prospekte an, die mir vom Angeln und Motorboottouren auf eigene Faust auf dem Big Old River berichteten und von den Jagdmöglichkeiten in den nahen Wäldern, wohl in denselben, durch die Tobey auf den Spuren der Indianer und ihrer Höhlen gestreift war. Und heute? Mochte wohl der Geist Tobeys, zusammen mit dem der Indianer durch dieselben Wälder streifen, und ich war auf der Suche nach ihnen. Als sie merkte, daß es mir ernst war mit Tobey, wollte sie im Telefonbuch nachschauen für mich. Ob ich denn eine Adresse hätte? Ja, aber mein Tobey sei gestorben. 1976. Oh, sorry! Das klang echt. Sie vermutete, daß es sich bei diesem Tobey um einen mir nahen Menschen handelte. Mein Englisch war zu undifferenziert und bot die Möglichkeit eines solchen Mißverständnisses. Ich widersprach ihr nicht. Wie zum Trost wies sie mich nun auf die Angelbilder hin, die gerade in *Marie's Café* ausgestellt seien. Der Künstler sei auch von hier. Beziehungsweise: lebe hier sogar. Dann telefonierte sie mit Herrn Oberlin, der, wie sie sagte, alles wisse über Trempealeau. Und so war es auch. Eine Viertelstunde später kam Herr Oberlin angefahren, ein dickerer, älterer Herr mit T-Shirt, Brille und Baseball-Mütze, und begrüßte mich wie in alten Zeiten, überaus nett und freundlich. Mr. Lehmann hatte er schon in die *Eatery on Main* bestellt, denn es war der heißeste Tag seit Messung, und die *Eatery on Main* war der einzige öffentliche Raum in Trempealeau, der über eine Air condition verfügte. Dies alles wußte ich nun schon von Mister Oberlin.

… mit Mr. Oberlin telefoniert, der jemand kannte, der Tobey kannte …

Mr. Lehmann sagte mir dann, seine Mutter habe eine Benachrichtigung von Amts wegen aus Seattle bekommen. Daß er gestorben sei. Es habe angeblich zwei *last wills* gegeben. Ob ich Näheres wüßte? Das erinnerte mich wieder an Basel. Dort hatte gerade der weltberühmte Botta sein Bankhauptgebäude hingestellt, wie zur Illusion, daß es etwas gibt, das bleibt. Ein wunderschönes Haus auf dem Grundriß eines Frankenstücks, die Illusion von etwas Rundem, Schlüssigem, dabei ohne Anfang und Ende. Botta hat auch, außer Bankgebäuden, eine richtige Kathedrale gebaut, nahe bei Paris. Sie erschien mir weniger sakral als dieser Franken-Grundriß, in dem vielleicht nun auch etwas von jenem Geld *ruht* oder *arbeitet*, das aus dem Verkauf von Tobeys resultiert, einem Menschen, der nach Selbstauskunft erstmals mit siebzig Jahren von seinen Bildern leben konnte. Nun gut, ich wußte nichts von Tobeys zwei Testamenten, von denen man in Trempealeau gehört hatte. Halb Trempealeau hätte man davon aufkaufen können. Dachte ich mir.
Er sei ein seltsamer Mensch gewesen, nach allem, was er von seiner Mutter über den berühmten Cousin gehört habe. Das mag so sein. Gestärkt durch drei *diet cokes* und berauscht davon, daß ich doch noch auf Tobey in der *Eatery on Main Street* von Trempealeau gestoßen war, machte ich vor dem Gebäude ein Photo von allem, zum Beweis, daß ich hier war und versprach, bald wiederzukommen, und vorher noch die Photos zu schicken, was bis heute nicht geschehen ist. Ich fuhr zum Fluß hinunter, obwohl ich hätte gehen können, ganz Amerikaner, und machte zum Beweis noch ein paar Photos. Alles ganz wie bei Tobey. Und wenn ich von einem sogenannten Raumschiff aus den Mississippi bei Trempealeau aufgenommen hätte, wäre es vielleicht auch eine Aufnahme gewesen, die mich an Tobey

erinnert hätte. Es gibt solche »Above-the-Earth«-Bilder von Tobey, die er allerdings vor dem ersten bemannten Weltraumflug gemalt hat. Es gibt dieses Flimmern und Glitzern auf dem Mississippi und auf Bildern Tobeys, die diesem Flimmern, diesem schönen Schein ähneln. Es gibt dieses »alles in allem«, diese erdfarbenen Visionen, es gibt dieses »above the earth« – und doch auf ihr, diese sichtbar gemachte Welt. Das klang nach einem Ausstellungstitel.

In Trempealeau habe ich viele Tobeys gesehen. All seine Bilder gab es irgendwo zu entdecken, Landschaften, das Wasser und den Himmel darüber, die Tag- und Nachtbilder, die Städte und die Straßen, die Oberflächen und die Vertiefungen, die Vordergründe und die Hintergründe, die Kornfelder und die Welträume, die Sterne und die Jahreszeiten, die Kiesel und die Samenkörner, den Weltraum und das Sandkorn. Bilder, die vom

Weltraumteleskop Hubble gemacht schienen oder wie mit dem Mikroskop der Gerichtsmedizin, das die Oberflächenstruktur eines Blattes, das am Tatort gefunden wurde sichtbar macht – nur feiner und deutlicher. Das Wort »Zentrum« fiel mir ein, und ich mußte auflachen. Unweit von Centerville, von da, wo Tobey herstammt.

Das Motel war geschlossen. Im schönen alten *Trempealeau Inn* (Historic site!) gab es auch kein Zimmer mehr. Also trank ich noch ein Bier, und dann blieb mir nichts anderes übrig, als weiterzufahren. Erst nach La Crosse, und von dort über den Mississippi und in den Westen. Bis nach Seattle und weiter. Und eine Woche später stand ich schon am Meer westlich von Seattle, im fernsten Westen und sah Richtung fernen Osten. Und wäre ich immer weiter gegangen, wäre ich da angekommen, wo ich hergekommen war.

Mein Heimatfriedhof

Eine Niederwalzung

»Heimwärts ist für mich bergauf«, schrieb Peter Handke in mein Poesiealbum, das mit dieser Feststellung, die ich am Anfang meines Poesiealbums sehen wollte, beginnt. Tatsächlich geht es bergauf, auch für mich. Wenn auch nicht so steil wie vielleicht anderswo: Nur gute zweihundertfünfzig Meter über dem Bodensee liegt die sogenannte »Heimat«, »Heimet«, »Hommed« oder »Huimet«. Das ist bei uns, vielleicht nicht nur bei uns, ein altes, nun aussterbendes Wort für nichts anderes als Haus und Hof, von dem ein Mensch herkommt. Und nur dafür. So sehr ist dieses Wort mit der Vorstellung von einem Dach über dem Kopf und Boden unter den Füßen verbunden, daß es nichts anderes besagt als dies, keine weitere, metaphorische oder sonstige Bedeutung hat als diese.

Das Wort »Heimat« hat keinen Sinn mehr, obwohl es ein schönes Wort ist; auch auf dem Land nicht, das immer noch die Illusion nahe legen mag, es gäbe Boden unter den Füßen. Doch das ist auf einer Kugel gesagt, die als solche nicht erkennbar, nicht einmal vorstellbar ist, mit Menschen drauf, die versuchen, über die Runden zu kommen, die eckig sind, einer Kugel, die im Inneren wohl glüht, bis zur Weißglut oder mehr oder nicht. Deren Oberfläche keinen Anfang und kein Ende und kein Zentrum hat. Das Wort »Heimat« hat keinen Sinn mehr, so wenig wie: »Das Ende der Welt« auf einer Kugel, da der Mensch, also auch ich, allem gleich nahe und gleich fern ist (Fernsehen), die Nähe oder Distanz eigentlich nichts anderes bezeichnet als die Entfernung vom Zuschauer zum Bildschirm, da wir gleich erreichbar oder unerreichbar sind (Telekommunikation), da wir selbst überall hinfahren und hinfliegen können; wir erreichen auch Ziele, die früher der Sehnsucht vorenthalten blieben, ja, Ziele, die Sehnsucht überhaupt erst ermöglichten, und umgekehrt ebenso das Heimweh, solange es noch einen Ort gab, von dem einer weggegangen war. Und ein Dichter wie Hölderlin, der nie in Gegenden war, denen seine Sehnsucht galt, kam nur ans Ziel per Gedicht, während ich in zwei Stunden da bin, seliges Griechenland! Und ebenso gelange ich zurück: Aber ein Heimatflughafen läßt sich kaum als Ziel und schon gar nicht als Heimat bezeichnen.

Es ist dieselbe Zeit, in der jeder fünfte (Mensch – gleich 1.200 Millionen Menschen) kein richtiges Wasser mehr hat, und da auf der IAA (Internationale Automobilausstellung) Frankfurt die Modelle der Zukunft gezeigt werden, als ob das eine mit dem anderen nichts zu tun hätte.

Es gibt Leute, immer noch, die »Land« mit »Heimat« verwechseln, und Literatur, die das Land (oder genauer: die Menschen, die auf dem Land wohnen) zur Sprache bringt, mit »Heimatliteratur« verwechseln, obwohl ich, zum Beispiel, nichts anderes versuche und tue, als immer wieder die Heimatlosigkeit des Menschen, der keinen Boden unter den Füßen mehr hat, zu beschreiben. Ich bin nur einer, der die Heimatlosigkeit beschreibt, ein Phänomenologe, der das, was vorschnell mit »Heimat« bezeichnet wird, näher anschaut, vielleicht auch aus Anhänglichkeit. Doch ich bin alles, nur kein Nostalgiker. Ich sehe nur, was da ist. Ich sehe nur, daß etwas nicht mehr da ist. Vor allem bin ich ein aufgeklärter, aufmerksamer Mensch (oder will es sein), der die zweite Hälfte dieses Jahrhunderts miterlebt hat, wenn auch das meiste nur im Fernsehen. Oder in der Zeitung. Der mit einer »zweiten Aufklärung« konfrontiert ist: mit diesem monströsen, dunklen Jahrhundert, das, von Menschen so eingerichtet und »gestaltet«, ein Jahrhundert war, als hätte es nie eine Aufklärung gegeben. Die bloße Beschreibung wäre schon ein Abgesang. Leute, die aus Unkenntnis bewohnte Landschaft mit »Heimat« verwechseln, mögen glauben, daß da auch noch Heimatliteratur entstünde. Tatsächlich stießen sie auf das Gegenteil: auf die Beschreibung, ja Erfahrung jener Heimatlosigkeit, die wohl alle Menschen auf diesem Planeten verbindet.

Also gute zweihundertfünfzig Meter über dem Bodensee lag die »Heimat«, »Heimet«, »Hommed« oder »Huimet«. Mitten in die Felder meiner Erinnerung sind Neubaugebiet und Industriegebiet hinein gebaut. Letzteres von einer gewaltigen Häßlichkeit und Größe. Kein Amt in keiner Stadt Mitteleuropas würde einen derartigen Bau noch genehmigen. Aber hier, in meiner Gegend, die noch für heil gehalten wurde, und die noch mit »Heimat« verwechselt wird von außen, war dieser Unbau, der bei klarem Wetter vom Mond aus mit bloßem Auge zu erkennen ist, war das noch möglich, weil hier noch an den Fortschritt geglaubt wird. In einem »bildschönen Fitneßstudio« (Eigenwerbung) geht es nun nach Feierabend an die Geräte. Sie stehen in etwa an der Stelle, wo sich vorher, auch Menschen, die Leute ein Leben lang bei der Ernte etc. abmühten. Das waren/sind Dinge, die mit bloßem Auge sichtbar waren/sind. Dann kommen die unsichtbaren. Noch einmal dreißig Meter bergauf: der Heimatfriedhof. Die einzige Wortverbindung, innerhalb der das Wort »Heimat« noch einen Sinn zu haben schien. Bis vor ein paar Tagen, als ich, ausgerechnet

zusammen mit einem Fernsehteam, noch eine Lektion unserer Vergänglichkeit erteilt bekam.
Als Kind ging ich noch die hinteren Reihen auf und ab, und zwar auf beiden Seiten, denn wie in der Kirche gab es eine rechte und eine linke Reihe. In der Kirche die Bankreihe, eine Mannsbilder- und eine Weibsbilderseite, auf dem Friedhof die Grabreihe rechts und links, allerdings nicht nach Geschlechtern getrennt. Ein Kind konnte anhand dieser Reihen zählen lernen, zählen, wie viele in einer Reihe standen, knieten oder lagen. Auf dem Friedhof konnte ein Kind auch lesen lernen – oder wenigstens die altertümliche Schrift und Namen von Menschen, die in diesem Dorf gelebt hatten und nun »ruhten«, wie ich lesen konnte, errichtet »zum ewigen Gedenken an« von einem trauernden Gatten oder einer trauernden Gattin oder von Kindern, die heute, da diese Gräber schon niedergewalzt sind, noch nicht einmal alle tot sind. Die Namen wurden damals noch ergänzt um einen hoffnungsvollen Bibelvers: »Ich bin die Auferstehung und das Leben«, zum Beispiel. Auf den Gräbern standen Engel, Gute Hirten und andere Dinge, Herz, Anker und Kreuz, die dafür sorgten, daß, wer da lag und wer da stand und ging, gut aufgehoben war. Es war eine Art Heimatfriedhof.
Diesen Ort kenne ich – kannte ich, denn jetzt ist alles weg. Die Planierraupe ist darüber hinweg gefahren und hat allem ein Ende gesetzt. Ich bin nun auch kein Kind mehr, und daß sich die Welt verändert, ist klar. Es wäre so unsinnig, darüber Klage zu führen wie über die Tatsache, daß die Kindheit nun einmal vorbei ist. Es gibt Schlimmeres, und meine Welt ist die kleinste, die ich kenne. Und doch. Trostsätze, die nicht hielten, was sie versprachen, mit Hilfe des Vorschlaghammers ohne Not beseitigt, auf Fundamenten, die die Planierraupe niedergewalzt

hat? Das ist niederschmetternd. Namen, in Verbindung mit Herz, Anker und Kreuz, beschützt von Engeln und Guten Hirten, waren es, die nun der Namenlosigkeit anheimgefallen sind und die nun in unserer kleinen Dorfgeschichte fehlen. Auf diese Weise hat man das letzte Lebenszeichen von den Menschen, die vor uns das Dorf auf und ab gegangen sind, beseitigt. Heute wird auch nicht mehr auf und ab gegangen. Man sitzt im Geländewagen und fährt aneinander vorbei, die »Verantwortung« trägt niemand, und der barbarische Akt wurde mit vollem Recht des baden-württembergischen Friedhofsverwaltungsgesetzes, falls es das gibt, von entsprechenden Verwaltungskolonialbeamten und -angestellten vollstreckt.

Im *Südkurier* las ich nun, daß unser Dorf im Wettbewerb »Unser Dorf soll schöner werden« auf Landkreisebene »einen ersten Preis« erhalten hat, zusammen mit Bittelschieß und Thalheim. Vermutlich besteht die Jury aus ähnlich gestrickten Exemplaren wie die von der Zentrale abkommandierten Verwaltungskolonialbeamten. Vielleicht sitzen die sogar in der Jury. Aber so herausragend ist dieser erste Preis, von dem ich nicht weiß, ob in den Schönheitswettbewerb der Dörfer auch deren Friedhöfe einbezogen sind, auch wieder nicht. Denn es gibt, bei sechszehn Teilnehmern, gleich drei erste Preise, sowie mehrere zweite und dritte Preise. Praktisch alle Teilnehmer haben also Gold, Silber oder Bronze erhalten. Es ist also alles noch schöner geworden. Das wurde amtlich festgestellt und im *Südkurier* veröffentlicht. Warum sehe ich das nicht ein? Warum sehe ich das nicht?

Damals, als alles noch einen Sinn hatte, wenn ich auch nicht sagen kann, welchen, war selbst eine Beerdigung eine Art Fest, das wie jedes Fest begossen wurde, auch gab es ein gutes Essen,

und ganz selten wurde auch noch gesungen und getanzt, was vielleicht im Sinn des Toten war, für den ja nun gesorgt war, der ja nun ruhte.
Als ich vor einigen Tagen mit einem Fernsehteam (allerdings auch ein Fremdkörper auf einem Friedhof) den von mir so genannten »Heimatfriedhof« filmen wollte, der ja immer wieder, von meinem ersten »Ich war einmal« an in meinen Büchern beschrieben wird, da oben ankam, war es einfach unbeschreiblich: Ich mußte sehen, daß ich nichts mehr sah, außer einer Grabschändung. Dabei hatte ich mir eingebildet, daß wenigstens auf einem, diesem Friedhof die Dinge bleiben, wie sie sind. Da muß ich mich aber getäuscht haben! Es gab bis vor geraumer Zeit, deren Ende ich benennen kann, noch eine gewisse Autonomie in einem Dorf, wenigstens auf dem Dorffriedhof. Aber damit ist es seit der großen Gemeinde- und Verwaltungsreform zu Ende. Was für ein schönes Wort: Reform! Dabei ist dieses ein Euphemismus, in diesem Fall für nichts anderes als eine Gleichschaltungsmaßnahme. Es soll nun auch hier die Friedhofsordnung gelten, dazu ein Schönheitsbegriff, dessen Hauptadjektive: sauber, glatt und glänzend sind. Da waren diese alten, verwitterten und wackeligen Grabsteine geradezu eine Sauerei, fast so schlimm wie die elenden alten Linden, deren Laub in jedem Herbst diesen Friedhof aufs neue versaut. Man sollte sie umhauen. Warum stehen diese nichtsnutzigen, ärgerlichen Drecklinden eigentlich noch! Ach, so denkt wohl nicht nur ein hierher uns zu verwalten abkommandierter Verwaltungsfunktionär, dessen Schönheitsideal der rechte Winkel ist. Die Begründung für diese Tat, die eine Untat ist, scheint systemimmanent-vernünftig: Die Verwaltung wollte verhindern, daß irgend jemand von einem erst wackeligen

und dann umkippenden Grabstein erschlagen würde und vor der Zeit vor Ort begraben werden müßte. Außerdem handelt es sich um eine sehr strukturschwache Gemeinde (welches das verwaltungstechnische Wort für »arm« ist), die aus eigenen Mitteln für sogenannte Sicherungsmaßnahmen nicht aufkommen kann.

Daß hier etwas nicht stimmt, weiß ich spätestens, seitdem ich erfuhr, daß die notorisch strukturschwache Großgemeinde eine aufwendige so genannte Rüttelmaschine angeschafft habe, vielleicht um auf diese Weise zu etwas Geld zu kommen, die Rüttelmaschine, um Geld lockerzumachen, um sich selbst zu finanzieren. Denn, so viel ist klar: Vor der schönnamigen Verwaltungsreform war das kleine Rast selbständig, die Verwaltung hat so gut wie nichts gekostet, weil es sie gar nicht gab, weil sie gar nicht nötig war. Unserem Bürgermeister konnte ich vom Traktor im Vorbeifahren herunter winken, es war ein Ehrenamt, und den Paß bekam ich auch, mußte nicht mal länger warten als heute beim Amt für öffentliche Ordnung. Ich habe, als ich von der nicht für möglich gehaltenen Rüttelmaschine und ersten Tests vor Ort über den *Südkurier* erfuhr und auch von diesem nun ausgeführten, nicht für möglich gehaltenen Attentatsplan erfuhr, sogleich diesem Bürgermeister, den ich im Gegensatz zu dem alten, der mitten unter uns lebte und lebt, noch nie gesehen habe, einen Brief geschrieben, der bis zum heutigen Tag nicht beantwortet ist, obwohl ich um eine Antwort gebeten hatte, indem ich ihn fragte, ob er denn so leichtfertig mit der Planierraupe über die Geschichte unseres Dorfes, das zwar nicht sein Dorf ist, das er jedoch verwaltet, hinweggehen wolle. Es sei ein Grabstein doch das Letzte, was noch bleibe von Menschen, die hier ein Leben lang gelebt hät-

ten und, vor der Zeit des Automobils, womöglich diesen Ort niemals verlassen hätten, und wenn, dann zu Fuß, auch nur so weit, wie einer zu Fuß kam und zurück. Ich verstehe, daß ein Verwaltungsmensch auf derartige Gedanken, die die Geschichte eines Ortes betrafen, das ich einmal »mein Dorf« nannte und das er verwaltete, wovon er lebte, keine Antwort wußte.
Auch der Kameramann war befremdet, das ganze Team dazu. Der Kameramann meinte, das sei aber kein schöner Friedhof mehr, trotz der Lage. Er behauptete, daß anderswo die Gemeinden ihre alten Grabsteine hüteten wie einen Schatz, auch aus historischen Gründen. Er fragte, ob es denn so viele Tote gäbe und der Platz knapp werde. Ich verneinte. Ich sagte, das sehen Sie doch selbst, daß hier doch noch Platz genug ist für hundert neue Tote, sagte ich. Außerdem konnte ich ihm versichern, daß hier eher selten gestorben wird: vielleicht drei- bis viermal pro Jahr. »Also das Platzargument scheidet aus«, sagte ich. »Bleibt also nur noch das Sicherheitsrisiko?« Wahrscheinlich, neben den verwaltungsästhetischen und gemeindefinanzpolitischen Gründen. Hier allerdings, das wäre mir schwergefallen zuzugeben, traf sich die Verwaltungsästhetik mit der der angestammten Bevölkerungsteile. Es gab auch hier Menschen, die im rechten Winkel dachten und denen das Schöne ein Ärgernis war und die alt mit häßlich verwechselten und neu mit schön. Und es gab Menschen, tatsächlich, die für die Kosten der von der Rüttelmaschine festgestellten notwendigen Sanierungsmaßnahmen nicht hätten aufkommen können oder wollen. Also auch Zustimmung, vielleicht begeistert oder nur schweren Herzens. So viel steht fest: Jene, deren Grabsteine, die bewiesen, daß da jemand gelebt hat, abgeräumt wurden, sind nun wirklich tot. Und noch etwas: Die Menschen, die damals

(wohl für viel Geld) einen Grabstein gekauft haben, haben wohl falsch investiert. Vor allem jene, die noch gar nicht so lange tot sind. Bei einigen, die nun abgeräumt sind, stand ich schon am Grab – als Ministrant, bei meinem Urgroßvater zum Beispiel, der auch einmal Bürgermeister von Rast war (bis zur Absetzung 1933) und der 1964 starb.
Der Grabsteinhandel ist ja heute ein Hauptgeschäft auf dem Land, wo der Mensch immer noch von seinesgleichen kontrolliert wird und ein Leben lang Angst hat, ob er alles recht macht, und Angst davor hat, so zu leben, wie er eigentlich will und sollte und somit sein Leben vertut und verlebt, ja, das gibt es immer noch. Ich kenne solche Menschen, die mehr nach der Fasson der anderen leben als nach ihrer eignen. Menschen, die noch von diesem Schlag und damit geschlagen sind, denken mit Schrecken an ihren Grabstein, den sie sich womöglich gar nicht leisten können (ein ordentlich, ortsüblich abscheulicher neuer Grabstein, für den man sich nicht schämen muß, kostet bis zu zwanzigtausend Mark – und mehr) und doch haben müssen. Sie denken mit Schrecken daran, daß sie vielleicht nicht bezahlen werden können, daß das Geld für den Grabstein nicht reicht. Ein Leben lang unter der von den Soziologen so genannten »sozialen Kontrolle« (ver-)lebend, sind sie auch noch mit dieser Angst gestraft.
Ich rate, im Angesicht dieser furchtbaren Leerstelle, keinen ganz so teuren Grabstein zu kaufen, ein einfaches Holzkreuz wäre auch schön. Denn, falls in dreißig Jahren derartige Leute am Ruder sind, und das ist traurig und wahrscheinlich, Leute, die Ordnung mit Friedhofsordnung verwechseln, deren ästhetischer Maßstab der rechte Winkel und deren Vorstellung der Welt in irgendeiner Weise mit der Rüttelmaschine zu tun

haben muß, dann werden in dreißig Jahren, vom Ende dieses traurigen Jahrhunderts an gerechnet, diese Grabsteine gerade entfernt, mit vollem Recht unter Hinweis auf das geltende Friedhofsordnungsgesetz, auf das sich die Verwaltungs- und Schreibtischtäter aller Zeiten beriefen. Ich rate also zu etwas ganz Einfachem, Schlichtem oder vielleicht gleich zu einer anonymen Beisetzung, auch weil der alte Glaube ziemlich verschwunden ist, bei diesen Grabsteinpreisen! Bei dieser Grabmiete! Also gleich zu gar nichts, damit uns keine Erinnerung (an den Tod) mehr quält und keine Erinnerung mehr bleibt, die Toten sind eh tot, sie sehen's ohnehin nicht mehr, also die beste Lösung summa summarum: überhaupt kein Grab mehr, dann sind wir den Tod los, und dereinstigen nachfolgenden Menschen, die auch noch nicht verroht sind, bliebe ein derartiger Anblick erspart.

»Jetzt aber ist Schluß!« lasse ich im Roman *Ein hinreissender Schrotthändler* meinen einheimischen Freund Hugo, der eine Zeit lang mit mir nach der Beerdigung von Frau Schwichtenberg an der Friedhofsmauer stand, sagen. Es war ein Wiedersehen nach zwanzig Jahren, nicht nur mit Hugo, Rosemarie und den Freunden von einst, sondern auch mit diesem Friedhof, im Roman »Heimatfriedhof« genannt. Dann fahren sie im Geländewagen mit der seitlich angebrachten Werbung für die Fitneßprogramme (»Bauch, Beine, Po«) von Hugos Fitneßstudio zum Leichen- oder Seelenessen. Ich oder der Ich-Erzähler, wir werden mit der Frage »Bischd au do?«, die eine Feststellung, eine reine Selbstvergewisserung ist, auch vom Wirt begrüßt, wie vorher schon von allen anderen. In der Wirtschaft selbst ist auch nichts mehr, wie es einmal war: Es gibt nun – rosarote – Tischdecken, rosarote Servietten, Speisekarten, Bedienungen in rosarotem Dirndl, dies, obschon wir nicht in Bayern leben, alles ist aufeinander abgestimmt. Der Anschluß an die neue Zeit und große Welt scheint geschafft. Man ist selbst stolz darauf, daß es nun auch Allergien und anderes gibt, nicht nur in den Städten und im Fernsehen. Man weiß auch hier Bescheid. Man weiß, was ein Dildo ist, und man besucht Sexmessen. Und doch: »Ich sehnte mich nun nach einer richtigen oberschwäbischen Seele, jenem Speck-Salzgebäck in der Form eines eregierten männlichen Geschlechtsteils, das wir einst so gerne aßen.« Zumal nach einer Beerdigung. Das Leichenessen hieß ja, behaupte ich im Roman, bei uns einst Seelenessen. Doch es heißt, ich solle »etwas Richtiges« essen, den Gourmetteller bestellen. Da ich das nicht will und auf einer Seele, auf einem Speckbrettchen, und ohne Tischdecke »alles so wie immer« beharre, heißt es bald, ich sei aber komisch geworden. Aber, so erinnern sie sich, ich sei ja immer schon komisch gewesen, vielleicht sogar der Komischste von allen.

Möglicherweise war auch meine kleine Heimatfriedhofsgeschichte eine recht komische Angelegenheit, etwas zwischen Beschreiben und Kritisieren, Erinnern und Vergegenwärtigen, Zorn und Melancholie, Zukunft und Vergangenheit. Sie kann nicht komischer sein als das, was ich gelesen und gesehen habe: Wir haben einen ersten Preis im Wettbewerb »Unser Dorf soll schöner werden« gewonnen!

Viel zu Bodensee

Zu »Bodensee« fällt mir leider fast gar nichts mehr ein. – Eine Kurzgeschichte

Vorbemerkung

»Bodensee«
Wenn ich an »Zukunft« denke, fällt mir immer nur »Vergangenheit« ein. Zur Zukunft selbst kann ich nichts sagen. Das ist die Aufgabe der Lokalpolitiker. Im Gegensatz zu ihnen fällt mir zu »Zukunft« überhaupt nichts ein. Die Globalisierung ist weit fortgeschritten, sagen die Experten. »Unsere Zukunft ist der Euro.«

Einleitung

Ach, heute, da ich wieder in Frankfurt am Main sitze, zwei Tage nachdem ich von der Schiffslände aus all dieses Blau und Weiß, die ganzen Alpen mit ihrer Hauptperson dem Säntis sah, die ganze sprachverschlagende Schönheit dieses Sees und dieser Welt von Hagnau aus, möchte ich am liebsten zurücknehmen, was ich geschrieben habe. Aber ich habe es doch geschrieben. Und wenn nicht aus alter Anhänglichkeit, warum denn dann!

Hauptteil

Über den Bodensee ist doch schon viel zu viel geschrieben worden, oder nicht? Eine Freundin von mir, selbst eine am See lebende Häsin sagt immer wieder: »d'See kasch vegesse – jeddes Word isch z-vill!« Darf so etwas ein Mensch, der es sich mit den Menschen und Seehasen nicht verderben will, überhaupt sagen und denken? Sie baute ihr Haus demonstrativ vom See weg: die Aussichtsfenster zur Landseite hin, wegen des Lichts, behauptet sie, eine hinreißende Malerin, über die ich noch ein Buch schreiben werde, die mit dem See nichts anfangen kann, was um so schlimmer wiegt, weil sie Malerin ist und am See lebt: und trotzdem keine Bodenseemalerin ist. Mehr kann man dieser Gegend eigentlich nicht antun, als derart über sie hinwegzusehen. Mich hat die Panoramalage ebenfalls immer gestört: man ist irgendwo angekommen, sitzt nun in der ersten Reihe, und weiß nicht wo.

Außerdem: dieses Wasser war immer eine Erinnerung daran für mich, dazu eine schmerzliche, daß ich nicht am Meer bin. Einzig meiner Freunde und Seehasen wegen fahre ich noch gern zum See hinunter. Ach, von einem Satelliten aus sieht alles wahrscheinlich wirklich ganz schön aus, und man ist weit genug von den Einzelheiten weg; und Menschen sind auch nicht zu erkennen, die in ihren Autos sitzen und hinter dem nächsten Auto herfahren, sieht man alles nicht vom Satelliten aus, wohl aber, daß diese Gegend komplett zersiedelt sein muß: eine kleinstädtische Verdichtung wie sonst nur noch in Holland oder Bangla Desh. Auf der Schweizer Seite mag es etwas besser sein: immer habe ich mich in die Vorstellung geflüchtet, daß auf der anderen Seite alles besser ist: und manchmal bin ich auch hingefahren und habe mich davon vor Ort überzeugt: selbst der See, und mitsamt der sauschwäbischen Seite, sieht etwa von Rorschacherberg (Kanton St. Gallen) nach etwas aus. Im selben Rorschacherberg habe ich nämlich die vergangenen

Jahre mein Silvester verbracht: was ich unten sah, die Lichter von Rorschach, dann Richtung Romanshorn und Arbor Felix hin, ja über die dunkle Fläche hinweg: das hätte das Meer sein können, und ich verwechselte die Bucht von Romanshorn beinahe mit der Bucht von Nizza. So war es. Der Mensch kann ohne Illusion nicht weiterleben, gerade vor der Jahrhundertwende nicht, aber tatsächlich ist der ländliche Thurgau wunderschön, ein heiliger Rest. Oder nicht?
Ich würde niemals mit dem Bodenseezeichen auf dem Kofferraumdeckel herumfahren, wie ich das selbst in Frankfurt, wo ich derzeit lebe, gelegentlich gesehen habe, ja gelegentlicher als im Thurgau, wo ich diesen Aufkleber eher selten gesehen habe. Man weiß doch, wo man ist! Und daß alles schön ist, muß nicht auch noch gesagt werden. Meinen soliden Uppermiddle-class-Wagen habe ich in einer anerkannten Garage auf der altbadischen Seite gekauft, die Nummer ist FR-EK-149 (also Freiburg im Breisgau): und statt des auf der altbadischneuwürttembergischen Seite, und selbst im entsprechenden Hinterland, so beliebten Aufklebers (Bodensee – der See: mit einem Seezeichen, als ob dies eine Verheißung wäre), hab' ich, auch aus angeborenem Widerspenstigkeitsverlangen, das viel elegantere Emblem *Oberschwaben* auf dem Heck meines TDI 2,5. Das blödsinnige Festhalten an der altbadischen Herrlichkeit habe ich nämlich nur eine Zeitlang mitgemacht. Spätestens als ich mich etwas mit der Geschichte der Gegend bekannt machte, habe ich gemerkt, daß die badische Geschichte vor Ort eine kurze und eher traurige ist. Und dazu war der sogenannte badische Teil des Bodensees ohnehin nur badisch Sibirien. Nein, das Schlimmste an diesem See ist überhaupt, daß er mehr trennt, als er verbindet. Das fällt mir gerade zur Jahrhun-

dertwende ein. Vor Ort wird selbst nicht mehr über den See bestimmt. Vielleicht noch in der Schweiz. Und in Stuttgart hat man sich die schnellste Trasse ausgedacht, um an den See zu kommen, um da das sogenannte Wochenende zu verbringen. Eingeborene gibt es kaum noch. Ich kenne noch einige wenige Exemplare, die (von der deutschen Seite aus) jedes Wochenende in der sogenannten schönen Jahreszeit ins Hinterland fliehen müssen. Da bin ich gerne, und sage gerne, daß es hier schön ist und daß dieses »hier« Oberschwaben heißt und eine Ortsangabe ist und keine lokalpolitische Größe. Es ist doch gerade umgekehrt: Oberschwaben ist nicht Hinterland des Bodensees, sondern dieser See ist der Hintersee Oberschwabens, des Thurgaus, des Bregenzer Waldes, und so fort. Ich habe ein tiefempfundenes Mitleid mit allen Menschen, die auf irgendeinem der Promenadebänkchen sitzen und schmachten und hinausschauen und der Illusion verfallen, sie wären nun angekommen. Dabei sind sie, wenn angekommen, so höchstens am Ende.

Schluß

Meine Freiburger Nummer, mit dem Garagenvermerk *Autohaus X Überlingen* und dem Aufkleber *Oberschwaben* ist natürlich als unerhörte Provokation gedacht, nur weiß ich nicht, ob dies schon jemand bemerkt hat. Angesprochen auf diesen Eklat wurde ich jedenfalls noch nicht. Also bleibt mir gar nichts anderes übrig, als meine Provokation über dieses Publikationsorgan bodenseeweit bekanntzugeben. Und samt meinem Vorbehalt allem Bodenseehaften und Bodenseemäßigen gegenüber. Doch ich ertappe mich immer wieder, wie ich das Leben, und auch diesen Bodensee, genieße. Und auch beim Gedanken, daß dieser See, trotz allem, und immer noch, einer der schönsten ist, »glückseliges Lindau!« (Hölderlin).

Nachbemerkung

Sehen Sie, so denke ich manchmal. Und jetzt denke ich: warum soll man das nicht wissen dürfen, daß es jemanden gibt, der so denkt. Und vielleicht gibt es noch jemand, der manchmal so denkt wie ich. Aber dann denke ich manchmal und sage mir, und rede mich selbst mit »du« an: du bist der einzige, der denkt, wie »du«. Wenn es so wäre? – Ich hätte auch schreiben können: *Der Bodensee: Fünfhundert Jahre Einsamkeit.* Oder: *Der Bodensee: Tausend Jahre Einsamkeit, fünfhundert Jahre Provinz.* Aber so böse wollen wir nicht sein zueinander, und schon gar nicht so eng aufeinander, regiert vom fernen Wien aus oder vom fernen Bonn und vom nicht ganz so fernen Bern.

Haifisch meines Lebens

Von den Ferien zu Hause nach Rom zurückfahrend, über Zürich, den alten Gotthard, Mailand, Florenz, saß ich schließlich die letzten vier Stunden einmal in einem Abteil mit einer jungen Nonne, was in Italien öfters vorkam, einem betrunkenen Alten, was in Italien praktisch nie vorkam, und weiteren fünf Personen. Die achtsitzigen italienischen Staatsbahnabteile waren, was praktisch immer vorkam, vollbesetzt, wenn nicht überfüllt. Der Nonne zuliebe (mir sah man ja nicht an, daß ich auf dem Weg zum Geistlichen war) sang der Betrunkene unablässig ein sogenanntes altes Lied: »Roma è una città santa, si mangia, si beve, si canta.« Das war ganz harmlos. In jeder Hinsicht. Der Alte war bestimmt kein Kirchenfeind, die in Italien und gerade in Rom zahlreicher sind als sonstwo; er war einfach betrunken.

Und Rom war auch anders als in diesem Lied, wie ich bald bemerkt hatte. Einzig im »L'eau vive«, einem kirchlichen Feinschmeckerlokal hinter dem Pantheon, das es möglicherweise immer noch gibt, wo ausgewählte internationale Nonnen in ihren Landes-Saris und sonstigen Trachten hohe und höchste Würdenträger und ihre Gäste bedienen, war es etwa so wie in diesem alten Lied. Außerdem wurde vor und nach dem Essen von Tisch zu Tisch gebetet, so daß immer an irgendeinem Tisch gebetet wurde. Im »L'eau vive« habe ich auch den einzigen Haifisch meines Lebens verspeist – und nicht umgekehrt. Sonst aber war zu meiner Zeit in Rom um das dritte reguläre Heilige Jahr des Jahrhunderts herum vieles umgekehrt.

In meiner Erzählung *Ausflug nach Afrika* bugsiere ich meinen kleinen Helden (1,59 Meter über dem Meeresspiegel) zum Grab von Fernando Pessoa im Nationalkloster Belem bei Lissabon. Vor dem Grab stehend, vermutet der trotz allem katholische Ich-Erzähler, daß Pessoa »ohne letzte Ölung« gestorben ist, weil das Leben eines großen Menschen und Tragikers im zwanzigsten Jahrhundert so sein müsse: »unglücklich, unkatholisch, unmöglich«. Ist das so? In meinem Roman *Mein Hund, meine Sau, mein Leben* spielt das längste Kapitel in Rom und auch im Vatikan. Da sind dicke, braungewandete Nonnen, die mit Geldtaschen im Labyrinth des Vatikanpalastes auf dem Weg zum IOR (Institut für die Religiösen Werke – Vatikanbank) unterwegs sind und sich nicht verirren. Und ein hoher Geistlicher, Franz Sales Obernosterer, versucht vom Vatikan aus, zusammen mit dem Erzähler, einem Seminaristen aus Schwakkenreutes Kreis Konstanz, die englische Königin zu entführen und sie zum Verzicht zu zwingen auf den Titel Defensor Fidei (Verteidiger des Glaubens), der ihrem Vorgänger, dem als Frauen- und Menschenfresser vorgestellten Heinrich VIII., verliehen worden war (der bis zum heutigen Tag jede Penny-Münze schmückt). Das mißglückt.

Wie aber ist es wirklich? Ich habe, tatsächlich, dieses Institut für die Religiösen Werke – oder wenigstens die Schalterräume, die sich irgendwo im Vatikanpalast befinden, unter demselben Dach wie der Papst – damals Mitte der siebziger Jahre immer wieder betreten. Zum Geldwechseln (die besten Kurse Roms). Mit Passierscheinen am Sankt-Anna-Tor vorbei, wo einige Jahre später ein schöner Cédric Tornay (den ich allerdings nur von »Blick«-Fotos kenne) als Gardist Dienst tat, ein armer Mensch, der seinen Vorgesetzten und dessen Frau ermordet haben soll. Auch wenn ich nicht danach gefragt worden bin und mein

Glaube ganz unmaßgeblich ist: das kann ich nicht glauben. Dann glaube ich schon eher, daß der Vorgänger des jetzigen Papstes eines sogenannten natürlichen Todes gestorben ist, wenn er auch in denselben hineingetrieben worden sein mag (per Herzinfarkt).
Zurück zum Institut für die Religiösen Werke. Alle (fast nur Geistliche, beiderlei Geschlechts, vielleicht noch einige privilegierte Botschaftsangehörige und Theologiestudenten) haben tatsächlich in diesen Raum, der irgendwo im Vatikanpalast liegt und nur über besagtes Labyrinth zu erreichen war, hineingefunden. Obwohl ich an sich über einen ausgezeichneten Orientierungssinn verfüge (was dazu führt, daß ich bei der Musterung der Luftwaffe zugeschlagen wurde), kann ich bis heute nicht rekonstruieren, was für ein Weg es war. Es ging, irgendwie, hinauf und dann wieder hinunter, hinaus und hinein: am Ende stand ich mit den anderen (die ich vorher nicht gesehen hatte!) vor dem Schalter, um meine kleinen Geldgeschäfte zu tätigen. Wie es sich gehört für eine katholische Bank, hing ein Kreuz im Tresorraum, und auch sonst war es heiliger als anderswo. Kam ein ganz hoher Rang, wurde er ohne Murren vorgelassen. Die meisten Gläubigen wissen (oder vergegenwärtigen es sich) einfach nicht, daß der Vatikan eben keine Demokratie, sondern eine absolute (und daher unfehlbare) Wahlmonarchie ist mit einem sogenannten Heiligen Vater an der Spitze der Kommandoleiter. Der fest daran glaubt, daß die »Aufklärung den Himmel verdunkelt hat«, wie ich in *Mein Hund, meine Sau, mein Leben* einen anderen hohen römischen Geistlichen sagen lasse und behaupte, der Satz sei ein Zitat von Martin Heidegger (was glatt erfunden ist).

Zu den Höhepunkten in meinem Leben, über das ich mich nicht lustig machen möchte, und schon gar nicht hier, gehört: erstens eine Privataudienz bei Papst Paul VI. sowie zweitens die Begegnung mit demselben am Abend des 2. Februar 1976 (Mariae Lichtmess) in der Erzkirche zu St. Peter. Ich kam gerade von nebenan, vom Italienischunterricht im Campo Santo Teutonico, angeblich einer Stiftung Karls des Großen, auf dem Gelände des Vatikans, direkt neben dem Petersdom. Ich hatte in meinem schönen Pullover die Kirche durch einen Nebeneingang aus Neugier betreten. Weil Licht in der Kirche war, etwas sehr Ungewöhnliches. Da habe ich den Papst entdeckt, und er hat mich entdeckt, von der Sedia gestatoria aus, auf der er, wohl wegen eines arthritischen Leidens seiner späten Jahre, aus der fast leeren Kirche hinaustragen wurde. Die Sedia hatte er selbst ja eigentlich schon abgeschafft, zusammen mit den Pfauenfedern, was ich ihm niemals verziehen habe. Er wurde also auf mich zugetragen, und ich stand also ganz allein im großen Schiff von St. Peter. Da blieb mir nichts anderes übrig, als in die Knie zu gehen und das Kreuzzeichen zu machen; und ihm blieb nichts anderes übrig, als mich und meinen schönen Pullover zu segnen.

Ach, ich wollte doch einmal Papst werden! Das fiel mir ein, als mich der tatsächliche Heilige Vater sehr genau von oben herunter segnete. Ich hatte den Eindruck, er wolle zu mir heruntersteigen. Nichts ist daraus geworden, kein einziges meiner hochgesteckten Ziele habe ich erreicht. Immerhin habe ich es bis Rom geschafft, bis in den Vatikan. Ich hatte es, aufs Ganze gesehen, also fast geschafft. Im übrigen muß ich mich meines Kniefalles nicht schämen: auch Thomas Mann, der im Gegensatz zu mir ein Norddeutscher war und ein hanseatischer Protestant dazu,

ist vor Pius XII. in die Knie gegangen. Das fand ich die Höhe! »Es war alles ganz natürlich«, las ich in seinem Tagebuch.
Ich kam also vom Italienischunterricht. Das Italienische war und ist eine Sprache, die ich auch nie recht gelernt habe. Aus Angst vor Menschen, die Sprache mit Aussprache gleichsetzen oder verwechseln. Zeitlebens hatte/habe ich meine hausgemachten Schwierigkeiten mit dem Sprechen der jeweiligen Sprache, auch mit der deutschen, die ich mir, als Umgangssprache, erst aneignete, als ich das heimatliche Ober- oder Sauschwaben verließ. Nur das häusliche, oberschwäbisch geprägte Alemannisch spreche ich einigermaßen akzentfrei. Das sogenannte Hochdeutsche war und ist meine erste Fremdsprache.

Den Papstchor zu St. Peter zu hören war immer etwas Furchtbares. Dieser schauderhafte Chor, für den der große Palestrina seine Motetten und Messen komponierte, sang oder krähte *Tu es Petrus.* Während einmal der päpstliche Troß hereinwackelte, schepperte dieser Chor los mit der an sich herrlichen Motette *Tu es Petrus* (keine Aufforderung, sondern eine Affirmation, zu lesen im Zentrum des Zentrums des Vatikan, der Innenseite der Michelangelo-Kuppel: TU ES PETRUS, ET SUPER HANC PETRAM AEDIFICABO ECCLESIAM MEAM). Und dieser Chor hat wie kein anderer auf der Welt Musikgeschichte gemacht. Allegris *Miserere*: (Psalm 50 in der für die katholische Kirche maßgeblichen Vulgata-Zählung: ein Psalm Davids, nachdem der Prophet Nathan zu ihm gekommen war, nachdem er sich an Bathseba vergangen hatte. »Wasch mich, und weißer glänz' ich als der Schnee«...) durfte nur hier gesungen werden. Es war bei Strafe (Todesstrafe?) verboten, diese Musik hinauszuschmuggeln, so wie die Kautschukpflanze aus ihrem endemischen Gebiet.

Die Todesstrafe hat ja auch im Kirchenstaat gegolten, bis zuletzt, eine Tatsache, die mich immer enttäuschte und ein ernstzunehmendes Hauptargument gegen diese Kirche war. Noch wenige Tage bevor die Garibaldi-Truppen Rom eroberten (das erst dadurch 1870 zu Italien gekommen ist und bis dahin die Stadt des Papstes war) und der Papstherrschaft ein Ende setzten, hat Pius IX. noch zwei Männer hinrichten lassen. Er selbst ist dann in einen seiner Paläste geflüchtet, in den Vatikanpalast, und ist nur noch selten herausgekommen. Erst 1929, in den sogenannten Lateranverträgen, wurde die weltliche Macht der Päpste neu definiert und der Vatikanstaat gegründet.

Zurück zu Allegris *Miserere* (etwa 1638 komponiert) das – vielleicht bei Todesstrafe – nicht aus der Peterskirche herausgeschmuggelt werden durfte, was aber doch geschehen ist. Es bedurfte allerdings einer langen Zeit und eines Mozart, der dieses berühmte Stück einmal hörte (ich muß annehmen, von den glanzvolleren Vorgängern meines Chores gesungen) und komplett zu Papier gebracht, als Kind, wie Leopold Mozart nach Hause schreibt.

Ich kam etwa zur selben Zeit nach Rom, als sich Pier Paolo Pasolini in dieser Ewigen Stadt aufhielt. Manchmal auch im selben Bahnhof wie ich, wenn auch aus anderen Gründen, der Stazione Termini, wo er sich den Tod holte. Pasolini war selbstverständlich auch katholisch, durch und durch; er hatte nicht nur mit den Ragazzi di Vita von der Stazione Termini Kontakte, sondern auch mit den Seminaristen, die er besuchte, um mit

ihnen etwa über *Teorema* oder seinen Film *Il Vangelo Secondo Matteo* zu sprechen.
Bis zu den höchsten Stellen im Vatikan hinauf hatte Pasolini gute Kontakte. Die Kommunisten haben Pasolini hinausgeschmissen, diese kleinbürgerlichen Moralisten, weil er schwul war, mit der Begründung unmoralischen Verhaltens. Das war zu Zeiten der streng stalinistisch geführten KPI. Die Kirche hat ihn nie hinausgeschmissen, im Gegenteil, sie war auf einen großen Sünder wie Pasolini angewiesen. Oder war es etwa anders? Die Kirche verurteilt gerne theoretisch, praktisch und tatsächlich ist sie aber immer wieder unglaublich tolerant.
Die Schauderhaftigkeit des Pasolini-Todes Anfang November 1976 gehört auch zu Rom und meiner Zeit in der Kirche. Auch ich, nicht nur Paul VI., habe damals für Pasolini gebetet. Was hätte ich sonst tun sollen! Ich hatte bis dahin keine auch nur vergleichbare Medieninszenierung erlebt. Dieses eine Foto, das einen Toten zeigt, der zerstört im Dreck liegt, habe ich ein Jahr immer wieder in den Zeitungen lesen müssen, ein schauderhaftes Bild. Ich, damals im einundzwanzigsten Jahr, nahm auch an der Trauermanifestation auf dem Campo dei Fiori teil (mit dem Denkmal des verbrannten Giordano Bruno in der Mitte), nicht als Seminarist, sondern als Privatperson, die diesen Pasolini durch und durch bewunderte und bewunderte, von seinem Film *Teorema* an, der das wahre Geheimnis der Inkarnation (nämlich: daß Gott Mensch geworden ist) mitten in eine inkarnationsfeindliche Zeit hinein mir gezeigt hat und aufscheinen ließ, mehr als jede dahergeplapperte Predigt. Ich kann nicht glauben, daß der Hauptdarsteller des Films, der göttliche Engel, im gewöhnlichen Leben ein Mann namens Terence Stamp, später als Dracula-Darsteller herum-

reisen sollte, wie mir ein englischer Freund glaubhaft versichert hat.
Als ich Pasolinis Film – nur ein Film! – *Das Evangelium nach Matthäus* sah, wollte ich tatsächlich umkehren. Ich war sicher, daß ich gemeint war. Mehr als im täglichen Leben im Priesterseminar. Der Pasolini-Jesus hatte auf alle, die im Kino saßen, gezeigt und gesagt: »Komm!« Es war eine Geste wie im Caravaggio-Bild *Die Bekehrung des Matthäus*, ein Bild, das Pasolini in seinem Matthäus-Evangelium möglicherweise verfilmt hat. Auch jenes Bild, ebenfalls in Rom, zeigt einen Jesus, dessen Hand auf den Zöllner hin ausgerichtet ist (der vor seinem Geld sitzt), in Wahrheit aber auf mich. Vermutete ich damals. Aber dann kamen andere Bilder, der Film ging vorüber und das Leben weiter. Nicht in Rom, was – damals – nicht möglich schien. Der Sarg Pasolinis stand also mitten auf dem Campo dei Fiori, und Alberto Moravia schrie seine Trauerrede ins Mikrophon, das schlecht funktionierte, so daß ich kaum etwas verstand, außer der Empörung. Und dann habe ich gesehen, wie der Sarg von Pasolini über die Köpfe hinweg davongetragen wurde. Diese Szene und der Papst in der Sedia gestatoria an Mariae Lichtmess 1976: das waren meine beiden entscheidenden Begegnungen in Rom.

Ach, und an den kalten Winter in Rom erinnere ich mich auch noch. Es gibt keinen Winter in Rom! Diesen Irrglauben, an dem vor allem auch die Römer selbst festhalten, müssen diese selbst jedes Jahr aufs neue büßen, wohl immer noch. Weil es den Winter nicht geben darf, gibt es auch keine Öfen, so meine Erinnerung. Dafür eine katastrophale sogenannte Infrastruktur, für die ich aber den Heiligen Vater nicht verantwort-

lich mache. Rom ist, so gesehen, eine anstrengende und durch und durch ungemütliche Stadt. Wie auch die Peterskirche eine ganz ungemütliche Kirche und der Vatikan eine ungemütliche Angelegenheit ist. Jeder fromme Mensch wird dieses Haus, und vielleicht auch diese Stadt, verstört verlassen, behaupte ich. Luther, las ich, wurde deswegen evangelisch, weil er auf seiner Wallfahrt nach Rom in derselben Ewigen Stadt keinen Geistlichen finden konnte, der ihm die Beichte abgenommen hätte.
Der kleine Held meines Romans *Mein Hund, meine Sau, mein Leben* verläßt Rom mit dem Satz »Wie ich nach Rom gekommen bin, so ging ich: trostlos, im Grunde unbelehrt, ins Ungewisse. Und außerdem: nun dick, nun grauhaarig, ein Trinker.« Das ist so im Roman. Tatsächlich ist/war es vielleicht so. In den Vatikan wird man sich nicht verlieben. Höchstens in den Friedhof von Campo Santo oder in den Blick von der Dachterrasse desselben auf die gegenüberliegende Kuppel aller Kuppeln.
Für das gewöhnliche Theater bin ich seit Rom ebenfalls verloren. Und die ungeheuren Fluchten und Gänge, dieses kalte Labyrinth aus Antike, Mittelalter und Renaissance hat nicht nur mich immer wieder eingeschüchtert. Die gewaltigen Aufmärsche des Kirchenstaates, die Kardinalsprozession mit dem Stellvertreter Christi auf Erden, der sich damals nur ganz selten der Welt zeigte, haben dagegen bisher noch jedem Diktator derselben imponiert. Vieles vom Brimborium dieser Welt dürfte diesem Reich, das behauptet, eigentlich gar nicht von dieser Welt zu sein, abgelugt sein.
Aber das ist nur die sichtbare Ordnung der Dinge. Tatsächlich erwische ich mich immer wieder dabei, wie ich am hellichten Tag von Rom (mit dem Vatikan wenn schon nicht in seiner Mitte, so doch in seinem Herzen) träume. Ja, ich denke trotz

allem gerne an die Ewige Stadt. Damals konnte ich mir gar nicht vorstellen, irgendwo anders je wieder leben zu können. Was aber doch geschehen ist. Also sind meine Erinnerungen schön. Vielleicht auch nur deswegen, weil ich nie wieder so jung war.

Le Thoronet, Silvacane, Sénanque

Da dachte ich, ich wäre angekommen, und so gut wie am Ziel meiner Reise, dachte, ich wäre gelandet, als ich das Flugzeug (die Maschine, den Flieger) verließ. Es fehlte nur noch mein Gepäck. Aber dann, noch auf der Arrival-Ebene, und erst recht auf dem Weg zur City und schon im Mietwagen, forderten mich Last-Minute-Angebote auf, von hier wegzufliegen. Ziele waren da im Angebot, denen ich gerade entkommen war oder die auf einem anderen Kontinent lagen als meinem. Alles sehr günstig, ein seltsames Phänomen, ein banales, alltägliches: auf dem Weg zum vorläufigen Ziel die Abwerbungsversuche der Airlines. Ach, angekommen sein galt noch im Reich der Stabilitas loci der Mönche, auch derer von Le Thoronet, Silvacane und Sénanque, die damals, einmal angekommen, für immer an ihrem Ort blieben. Nun war aber nichts mehr von ihnen da, außer diesen Lebenszeichen aus Stein. Le Thoronet, zum Beispiel, ist ein solch schöner Beweis für das Bleiben oder besser: Bleibenwollen aus der ersten Zisterzienserzeit, gleich nachdem die reformatorische Mönchsbewegung Mitte des zwölften Jahrhunderts vor allem über Bernhard von Clairvaux lauffeuerartig in der damaligen Welt erschienen war. Jetzt aber stand ich vor einem Museum, vor einer Art mittelalterlichem Freilichtmuseum, das allerdings schon in die allererste Liste der Historischen Monumente Frankreichs von 1840 aufgenommen worden war. Zu Recht.

Da war ich mit meinem Mietwagen von Nizza aus Mitte Dezember auf der Autobahn die Côte d'Azur entlanggefahren. Der Süden und sein vielgepriesenes Licht verzauberte selbst noch die Autobahn, auch mich. Und die Welt ist, auch in der Provence, eingeteilt in Autobahnen, ein einziges Verkehrsnetz, das große Web: www. Die schönen Dinge sind Inseln oder Oasen dazwischen. Und bei einem Zisterzienserkloster wie Le Thoronet muß ich mir *noch* eine Distanz dazudenken, die über achthundert Jahre, die seit Ankunft der Mönche in diesem abgelegenen Gelände und meinem Stop-over auf dem Parkplatz von Le Thoronet vergangen sind. Ein Zisterzienser-Kloster-Museum ist eigentlich etwas, das gar nicht in unsere Last-Minute-Zeit paßt. Am Morgen warst du noch in Frankfurt am Main, nach einer guten Stunde in Nizza, nach zwei weiteren Stunden hier, ein Ziel, das früher einer, wenn überhaupt, nach einem Monat erreichte. Aber bin ich auch angekommen? Fragte ich mich. Sagte ich mir. Ich bin zwar auf der ganzen Welt unterwegs, mache auch einen Abstecher zu den Zisterzienserklöstern, aber das alles geschieht auf Kontinenten, deren Umrisse wir kennen, sagte Jakob Burckhardt schon am Ende des neunzehnten Jahrhunderts. Am Eingang eines Museums aus dem zwölften Jahrhundert, das einmal ein Kloster war mit Mönchen, die vielleicht mehr über diese Welt nachgedacht haben und zu einem Ergebnis gekommen waren, dessen haltbarste Teile (aus Stein) zu besichtigen sind, und nun besichtigt werden sollen, darf ich mich doch fragen, warum ich hier bin, und warum und wie andere hierherkommen. Die Veranstalter bieten mit jedem neuen Katalog noch mehr Ziele an. Die meisten Ziele sind mit dem Flugzeug zu erreichen, am Flughafen wartet der Transferbus oder der Mietwagen. Die Fly-und-Drive-Kombination besagt, daß praktisch jedes Ziel erreichbar ist. Müßte dieses Wort (Ziel) aber nicht durch »Stop-over« ersetzt werden? Ist Le Thoronet ein Stop-over, mein Stop-over? Der Mensch ist ja auch nicht mehr als Wallfahrer unterwegs, und der Trend geht vom Zweit- zum Dritturlaub, so die Sprachregelung. Es ist wunderschön, daß der Mensch nun reisen kann, im Prinzip jeder, im Prinzip, wohin er will. Jeder, zum Beispiel ich, das heißt: der Angehörige der globalisierten Wohlstandsgesellschaft, jener beträchtlichen Minderheit, die sich ihre Reiseziele auswählt und sich dahin mit schönen Reiseführern, die nun wohl meist Travel Guide heißen, aufmacht. Jeder kann also im Prinzip die Einheimischen beim Fischen auf dem Mekong beobachten und kann Hirtenjungen und Seminomaden, die am Rand der Sahara unterwegs sind, besuchen und beim Trekking in Peru Indios und einheimische Vögel und Pflanzen beobachten. Fremde Menschen und Länder besuchen: eine Möglichkeit, die wohl den meisten Einheimischen dieser Welt verwehrt sein dürfte – sie können zwar besucht werden, aber jene, die zu ihnen angereist waren, niemals besuchen. Das würde nicht zuletzt die Fremdenpolizei unterbinden. Das fiel mir, vor der imposanten Anlage von Le Thoronet stehend, vom Parkplatz herkommend ein, und ich mußte mich erst einmal auf das nächste Bänkchen setzen, um alles aufzuschreiben.

Ja, die Anlage ist imposant, noch als Ruine, denn im Blick auf die erste Zeit von Le Thoronet ist das, was davon übriggeblieben und hier zu sehen ist, nichts als eine, allerdings sehr beeindruckende Ruine.

Vor allem die Menschen, die diese Mauern, die doch einmal eine Welt waren, bevölkerten, fehlen nun, und ich muß sie mir bei allem nun dazudenken. Was sehr schwierig ist. Denn nicht nur die Menschen, die hier diese von uns als schön empfundenen Räume belebten, muß ich mir vorstellen, sondern auch jene, die sich das Ganze einst ausgedacht hatten und beschlos-

sen, an dieser Stelle etwas Großes zu bauen und derart zu bleiben. Das ist sehr ungewöhnlich, und dies war mein erster Gesamteindruck von Le Thoronet beim Wieder-Wiedersehen (ich hatte mich nun schon wiederholt hierher aufgemacht, das erste Mal von La Ciotat aus, wohin die Abitursfahrt gegangen war, in einer Zeit also, in der sich ein Mensch eher für die Liebe interessiert als für eine Zisterzienser-Anlage), daß es sich bei Le Thoronet um einen ganz mächtigen Beweis des Willens handelt, hier zu leben und zu bleiben, eines Überlebenswillens in dieser Welt, was für einen Mönch, der der Welt entsagt hat, doch recht seltsam ist. Oder nicht? Aber von diesem steingewordenen Widerspruch, den für mich Le Thoronet, sowie das ganze Zisterzienser-Unternehmen auch verkörpert, davon später.
Ich erreiche die Anlage über den Museums-Shop, wo sich auch die Kasse befindet, an der ich meine Eintrittskarte bekomme. Und wäre ich Wallfahrer, so bedürfte es doch der Eintrittskarte, um ins Heiligtum zu gelangen. Mitte Dezember ist es wunderbar ruhig im Museums-Shop, und auch beheizt, keinerlei Touristen, außer mir. Ich gehe erst einmal das Material durch, das im Shop zum Verkauf steht, und verschaffe mir einen Überblick. Kassetten, Videos, CDs, gregorianische Musik. Das Mittelalter ist spätestens seit Umberto Ecos Roman *Der Name der Rose* in Mode, und erst recht seit dem Film zum Buch, der aus dem Buch das Buch zum Film machte: sonst wäre ich wahrscheinlich auch, ehrlich gesagt, nicht hier, um über diese Zisterzienserklöster für eine Illustrierte zu schreiben. Ja, auch die Zisterzienser sind in diesen Boom hineingeraten, Beweis: dieses bestsortierte audio-visuelle Zentrum, das eigentlich nicht mehr »Museums-Shop« genannt werden kann. Diese Ruinen bieten überdies genug Raum für Phantasie, wie alle Ruinen. Weder

Erholungs-Sucher noch Freizeit-Verbringer (was ist aber dann die Zeit, wenn es Freizeit gibt?) noch ein kunst- oder kulturbeflissener Träumer oder – Gourmet bin ich oder einfach nur etwas Altmodisches: ein Reisender, den es im Fun-Zeitalter eigentlich nicht mehr gibt, der sich in die Provence aufgemacht hat, um alte Klöster (oder das, was von ihnen übriggeblieben ist) zu besichtigen, und das, was er dazu in Erfahrung bringen konnte, oder was ihm einfach beim Sehen in den Sinn kam, aufzuschreiben!

Aber mit welchem Recht nenne ich das, was ich sehe, Ruine? Es ist doch alles so schön erhalten! Und vorbildlich präsentiert, zu besichtigen, geradezu begehbar! Gut, aber die Menschen fehlen doch, ganz zu schweigen von ihrem täglichen Leben, ihren Gebeten und Handgriffen, denn das war neu bei den Zisterziensern, einem Reformorden, dem die Weltlichkeit und der Glanz des weltberühmten Cluny zu viel geworden war, daß sich die Mönche wieder auf das alte benediktinische Ora et Labora aus der Mitte des ersten Jahrtausends besannen. Le Thoronet »arbeitet« längst nicht mehr; und auch mit Silvacane ging es nach einer kurzen, heftigen Blütezeit bald bergab. Nur das dritte der Klöster, die ich besuchen werde, und auf das ich mich freue, »arbeitet« wieder. Nach vielen Jahrhunderten sind dort vor einigen Jahren wieder Zisterzienser eingezogen, indem sie Sénanque zurückgekauft haben.

Es ist kalt, und ich photographiere alles, aber die Kälte ist auf keinem Photo der Welt zu sehen, es sei denn, es handelt sich um ein Schnee- oder Eisbild. Der Museums-Shop liegt hinter mir: vor mir das gar nicht so große Herz der Anlage: die Kirche, die bei den Zisterziensern immer der Jungfrau und Gottesmutter Maria geweiht war. Aus der Ikonographie wissen wir, daß Bernhard von Clairvaux ein großer Marienverehrer war. Mir scheint, diese Front hat das richtige Maß, nicht zu groß und nicht zu klein, dazu die richtigen Proportionen, sie könnte ein Vorbild sein, dachte ich. Die Kirche hat ein Portal (im Gegensatz zu Sénanque, wo die Mönche unter sich blieben und direkt vom Schlafraum in die Kirche gelangen konnten, wo fünf Stunden am Tag gebetet wurde, auch nachts aus dem Schlaf heraus), durch das ich in den ebenso lichten wie leeren Raum eintrete. Dieses Licht, das von keinem Photographen dieser Welt ins Bild zu bringen ist, auch wenn es immer wieder versucht wird, erinnert mich sogleich an das Licht von Fontenay. Da muß ein Licht-Mystiker oder -Metaphysiker am Werk gewesen sein, der sich ein Bild machen konnte vom göttlichen Licht. Auch wenn es nicht im Sinn gewesen sein sollte, etwas Schönes zu schaffen, sondern etwas Wahres, so ist dies für mich ebenso schön wie wahr, fast schon *kalós-k-agathós*. Um 1200 war alles gebaut, die Kirche mitsamt ihren Gebäuden und Nebengebäuden. Keinerlei Schmuck, so soll es sein. Doch dieser Raum ist durchdacht und aufwendig: es war eine Kunst, dies so zu machen. Dazudenken muß ich mir noch den Lettner, jene Schranke zwischen den Priestermönchen und den Laienbrüdern, die mich daran erinnern könnte, daß es auch bei den Zisterziensern Unterschiede gab, das heißt, daß es sich hier um eine Gesellschaft handelte, die hierarchisch geordnet war. Von reichen Gönnern unterstützt, von Menschen, die sich über das immerwährende Gebet der Mönche etwas Seelenheil erhofften, wurde dieser Hauptraum des Mönchslebens mit seinen wunderschön präzis behauenen Steinquadern und dem anspruchsvollen Gewölbe mit großem Aufwand errichtet. Die Mönche, die ohnehin zuallermeist der damaligen feinen Gesellschaft entstammten (während die separat meist im Westen der Anlage lebenden Konversen oder Laienbrüder eher dem autochthonen Fußvolk zugehörten), hatten sogar um 1200 einen berühmten provenzalischen Minnesänger als Abt, der an den Höfen von Alfons von Aragon (dem Grafen der Provence) und Raymonds VI. (des Grafen von Toulouse) aufgetreten war und noch von Dante gelobt wird; doch schon Mitte des Jahrhunderts ging es mit Le Thoronet wie auch mit den anderen Zisterzienser-Abteien des Midi bergab. Das dürfte auch mit solchen Äbten wie dem hier erwähnten Ex-Minnesänger Foulques de Marseilles zusammenhängen, der 1206 zum Bischof von Toulouse ernannt wurde, einer Stadt, die im Zentrum einer religiösen Bewegung lag, die von den Siegern als häretisch und ketzerisch diffamiert wurde: Katharer und/oder Albigenser. 1209 hat Papst Innozenz III., der heute noch als einer der größten Päpste überhaupt gilt, einen Kreuzzug ausgerufen. Da wurde, auch mit Hilfe des ehemaligen Abtes von Le Thoronet aufs blutigste aufgeräumt, so daß es kaum noch Spuren gibt davon, und sich der Midi bis zum heutigen Tag nie recht erholt hat. Das fiel mir in diesem herrlichen Raum ein, der nun, was seine ursprüngliche Funktion betrifft, nun auch nichts als eine Ruine ist. Dann ging ich die schönen Stufen auf der Orientseite der Anlage hinauf, die die Kirche mit dem Schlafraum der Mönche verband, und ich stand nun im sogenannten Dormitorium. Auch Le Thoronet ist nach dem Zisterzienser-Muster gebaut, wie es, zum Beispiel noch aufs Schönste in Fontenay oder – dem Rhein-Main-Flughafen ganz nah – in Eberbach im Rheingau zu besichtigen und bewundern ist. Nicht nur, weil es nun Mitte Dezember war, erinnerte ich mich im Angesicht dieser wunderschönen, begehbaren Skulptur aus Stein an die Kälte von Eberbach, die sich

selbst im Hochsommer kaum einmal in angenehme Kühle verwandelt. Das Dormitorium veranschaulichte mir von allen diesen Räumen am meisten den zisterzienserlichen Grundgedanken, daß die Erde ein Jammertal, und kein Paradies war. Und sollte auch die Liturgie im nebenan liegenden Gotteshaus einen Vorgeschmack zukünftiger himmlischer Freuden geben (allerdings ebenfalls nicht heizbar), und im noch von mir zu besichtigenden Kreuzgang, über eine weitere Treppe vom Dormitorium aus direkt zu erreichen, wie es das Modell will, ein Brunnenhaus stehen, das im Zisterzienserkloster Maulbronn »Paradies« heißt, so war dies ein Paradies, in dem ein Mensch nicht alt wurde. Niemals wurde es richtig warm; und das sollte es auch nicht, auch hinter den dicken provenzalischen Mauern von Le Thoronet nicht. In so einem Zisterzienserkloster gab es nur drei Räume, die beheizt oder beheizbar waren, freilich auch nicht nach der deutschen Vorschrift: die Küche (wo Wärme nicht zu verhindern war), die Schreibstube sowie der Krankenraum. Sonst war es so wie hier an diesem Dezembertag. Da fiel mir ein weiser Mann aus meinem Dorf ein, der sein Fernbleiben von der sonntäglichen Messe folgendermaßen begründete: Lieber am Sonntag in der warmen Stube sitzen und an Gott denken, als am Sonntag in der kalten Kirche sitzen und an die warme Stube denken. – Aber so haben die Zisterziensermönche freilich nicht gedacht. Ich muß mich aber doch noch etwas in dieser Kälte aufhalten.
Die Kirchen, und mit ihr ja auch das Phänomen des Mönchtums als elitäre Sonderform des Christen, sind Einrichtungen aus einer Zeit, als abzusehen war, daß der Messias Jesus Christus nicht so schnell wiedererscheinen würde wie ursprünglich erhofft. Aber ein Christ sollte sich, bitteschön, nicht allzusehr

auf dieser Welt einrichten. *Einerseits* ist dieses Dormitorium das einleuchtendste – oder soll ich sagen: fühlbarste? – Beispiel für das, was die Welt einem Christen zu bieten hat, für das Gastsein des Menschen und Christen auf dieser Welt, wie in einem unbeheizten Schlafsaal: wer will da schon für immer bleiben! Ich stehe nun in diesem Dormitorium, ein Raum ganz aus Stein, und ich kann mir nicht recht vorstellen, daß dies ein Raum sein soll, in dem ein Mensch Schlaf fand, auch hier nicht, wo wir doch in der Provence sind, wo es aber auch kalt wurde, so wie heute. Da fiel mir wieder mein Leben in Rom ein. Es waren die Wintermonate in Roma die ungemütlichsten meines Lebens, denn der Winter wird im Süden so sehr geleugnet und als Phänomen des Nordens abgetan, daß es nicht einmal eine gescheite Heizung gibt. Aber vielleicht ist das auch nur monastisch-zisterziensisches Erbe. Diese zweifellose Kälte! Um so größer muß der Glaube dieser Menschen, die hier, ich kann mir nicht vorstellen, wie, geschlafen haben, gewesen sein. Ich stelle mir dieses Dormitorium auch noch als überfülltes Gefängnis vor, denn alle schliefen hier, allerdings bekleidet und mit dem Luxus einer Decke, die vielleicht niemals gewaschen wurde. Alle schliefen hier, vielleicht von da noch etwas Wärme, wie in einem Stall, natürliche Wärme, höchstens die Ferkel und das neugeborene Kalb bekamen etwas Wärme über den Infra-Rot-Strahler. Die sogenannte durchschnittliche Lebenserwartung muß erschreckend gering gewesen sein, das weiß ich von Salem, das auch einmal ein Zisterzienserkloster war, das größte auf deutschem Boden. Freilich gab es auch einzelne Roßnaturen, die zwar bis ins hohe Alter sämtliche Winter überlebten, aber dann doch, wenn auch als Methusalem, starben. Immer noch in diesem Dormitorium von Le Thoronet, das Architekturhistoriker als Kunstwerk bezeichnen müßten, Nächte auf Stein oder gar aus Stein vergegenwärtigend, kam mir das alte, allerdings erst nach-zisterzienserisch von Thomas von Aquin im dreizehnten Jahrhundert noch einmal formulierte Verdikt gegen den Selbstmord in den Sinn. Aber was war dieses Leben in diesen Mauern anderes als ein Selbstmord auf Raten? Der doch von der Kirche streng verboten war. Gerechterweise muß ich noch hinzufügen, daß die meisten Menschen von einst keine Heizung gehabt haben dürften, auch wenn sie eine solche nötig gehabt hätten. Diese beständige Selbstzüchtigung, das Leben als Strafe, war *andererseits* vielleicht auch eine Entschuldigung für das Bleibenwollen. Denn eine solche Anlage wie Le Thoronet bedurfte doch einer Entschuldigung. Dieser Kreuzgang mit dem Paradies in der Mitte, den ich nun betrat, mußte erst einmal erklärt werden. Zwar nicht der Welt, die so etwas Schönes ohnehin nie zu sehen bekam, aber sich selbst. Im Kreuzgang stehend, empfand ich mich mitten im Widerspruch des zisterziensischen Entwurfs: Absage an die Welt, um um so mehr zu bleiben. Gerade da, wo es am schönsten ist.

Der Kreuzgang von Le Thoronet: ein Ort reinster Gegenwart. Allerdings etwas abschüssig. Vielleicht aufgrund der Bodenbeschaffenheit oder lokaler Gegebenheiten, vielleicht aber auch eine Erinnerung an das Gast-auf-Erden-Sein jedes Menschen und Mönchs, wie im Schlafsaal, nur angenehmer. Bei derartigen Fähigkeiten, deren anschaulicher Beweis Le Thoronet ist, hätten jene, die das gebaut haben, zweifellos auch etwas Ebenerdiges zuwege gebracht. Aber das war nicht gewünscht, sowenig wie in Silvacane, mit dem wiederum etwas abschüssigen Kreuzgang.

Gleich neben diesem imponierenden Raum, dem steinernen Schlafsaal, wo doch auch einmal geatmet und geträumt wurde, also dieses Geviert aus wuchtigen Bögen mit wuchtigen Säulen, genannt Kreuzgang. Dieser Kreuzgang hat nichts Verspieltes, Zusätzliches, Verziertes, wie ich es in anderen Kreuzgängen, etwa Monreale, gesehen habe. Bernhards Verurteilung des Ornaments, das Bestehen auf Klarheit, gerade in der Form, scheint hier umgesetzt. Jedoch: dieser Kreuzgang muß die Mönche von einst doch auch entzückt haben! Schönheit als Klarheit und als Sichtbarmachung eines geistigen Konzepts: eine neue »Ästhetik«, eine neue Schönheit, die eher den Vorstellungen des zwanzigsten Jahrhunderts entspricht. Wenn auch auf Details verzichtet wurde, so ist doch das Ganze ein Entwurf von Schönheit. In diesem Kreuzgang konnte man leben und bleiben. In bezug auf einen Menschen, der die Welt doch aufgegeben hat, einen Mönch, ist das doch seltsam: der Welt entsagen, und dann mitten in ihr, oftmals da, wo es am schönsten ist, gewaltige Gebäude aus Stein errichten. Und einen Kreuzgang dazu, der an das Paradies erinnerte und gelegentlich sogar so genannt wurde. Gerade dieser Kreuzgang von Le Thoronet (sowie jeder Kreuzgang des »Zisterzienser-Modells«) macht das Transitorische dieser Zisterzienser-Welt deutlich: noch hier, aber nicht mehr ganz. An der Übergangsstelle ist die Zisterzienser-Architektur ein Modell von Zukunft, eine Erinnerung an die Zukunft, ein Verweis aufs Paradies, wenigstens hier in diesem Kreuzgang, noch auf der Erde aufs mauerartigste und steinsicherste, aber eigentlich schon über diese Welt hinaus. Eigentlich eine Talstation des Himmels oder eine Bergstation der Erde, eine Startrampe für Universum und Weltraum, ein äußerster Posten, Relaisstation zwischen Himmel und Erde. Transitorisch. Alles aus Stein, dem Material, das doch zu allen Zeiten am sichtbarsten der Vergänglichkeit – soll ich sagen –

trotzte? Warum selbst noch hier bei diesen Weltflüchtigen eine solche Manifestation des Hierseins oder Hiergewesenseins? Das ist sicht- und haltbarer als jede illuminierte Handschrift. Diese Mönche haben aus Stein gebaut, in einer Zeit, die kaum Steinbauten hinterließ. Bauen – tun doch nur Menschen, die an eine Zukunft vor Ort glauben, also diesseitsorientierte Menschen. Was ist denn das: die Welt, die doch aufgegeben ist, mit dem Haltbarsten überhaupt, Stein, auch noch zu bebauen! Und zu ummauern, dachte ich. Warum diese Angst? Aber die Mauern konnte ich auch der Abschirmungslust von der Welt gutschreiben. Die Ambivalenz einer Mauer entspricht der Ambivalenz von Le Thoronet, Silvacane, Sénanque und der ganzen zisterzienserischen Welt: das war schließlich das Ergebnis meines Besuchs. Fortschrittsgläubig *und* weltflüchtig waren sie, was nicht so recht zusammengeht, diese Mönche! dachte ich. Die Welt verlassen, um so mehr dazubleiben! Sich an einem Ort einzurichten, der nicht schöner sein könnte auf der Welt.
Diese Mönche von Le Thoronet müssen Menschen von dieser Welt gewesen sein, die sich an einer ihrer schönsten Stellen zur Weltflucht zusammengetan und eingefunden haben, kollektives Anachoretentum, wie man es in diesem (am 31.12. 2000 endenden) Jahrhundert auch bei den Jüngern von Bhagwan etc. beobachten konnte. Der heilige Bernhard von Clairvaux, Propagandist der Zisterzienser, muß doch auch an die Welt geglaubt haben, sonst hätte er keine Pläne gemacht, gebaut und expandiert. Sonst hätte er kein Propagandist sein können. Und seine Jünger, so wie die Mönche von Le Thoronet, waren Pioniere. Nein, die Zisterzienser haben die Welt nicht ganz aufgegeben, sonst hätte es keine Tochterklöster gegeben. Und ein Wirtschaftsfaktor ersten Ranges, was es doch war, hätte so

ein Zisterzienserkloster niemals sein können. Diese Welt, die doch nichts als ein Tal der Tränen war, wurde gerade durch die Zisterziensermönche erschlossen, bewässert und fruchtbar gemacht, besiedelt und aufgebaut. Die Zisterzienser waren Pioniere dieser Welt. Von der Welt abgewandt, haben sie sich um so mehr der Welt zugewandt. Das ist der fruchtbare Widerspruch des Zisterzienserphänomens. Also fuhr ich mit meinem Mietwagen ins nächste Novotel.
Am anderen Morgen Silvacane, das etwa auf halbem Weg, wo Cézanne mit *seiner* Montagne Ste-Victoire die Welt noch einmal schaffen wollte, und Petrarcas Mont Ventoux, von dem aus angeblich die Welt als Landschaft entdeckt wurde, daliegt: auf eine Art und Weise, die ein Immobilienhändler, die in der Provence sehr zahlreich sind, zweifellos als Aussichts- oder Traumlage anbieten würde. Diese Lage ist für ein Zisterzienserkloster ungewöhnlich. Normalerweise haben sie unten gebaut, etwas abseits und flußnah. Den Fluß gibt es auch hier, und was für einen! Man sieht auf die Durance hinunter. Aber richtig abgelegen ist ja keines dieser Klöster, die ich besuchte. In einer uralten Kulturlandschaft gibt es den Urwald nicht mehr. Und doch: damals gab es noch keinen Geländewagen, mit dem man in fünf Minuten das nächste Einkaufszentrum erreichte. Auch Silvacane ist nun ein Museum, und kein Kloster mehr. Diese Museums-Shops sind gut sortiert. Am besten dann jener von Sénanque, der Mönchen gehörte, die auch davon lebten, indem sie Informationsmaterial verkauften, wie sie lebten und gelebt hatten. Mit der Eintrittskarte versehen betrete ich das Museumsareal. Silvacane hat ein Portal, und auch sonst gleicht die schöne Anlage dem Modell: Kirche, Kapitelsaal, Kreuzgang, Refectorium, Dormitorium und so fort. Dazu kommt ein schö-

ner kleiner Turm, der Bernhard vielleicht schon wieder zuviel gewesen wäre. Der Schlafsaal, wiederum gänsehauterregend. Das Schöne auch hier ist die Verbindung von Klarheit und Licht. Was für ein Licht! Da bedarf es keiner Ergänzung mehr, von welcher Seite auch immer. Zurück in der Kirche, dem Hauptraum, wo das Licht ebenfalls die »Hauptperson« ist, gewiß auch deswegen, weil das Licht dem Göttlichen als nächstverwandt angesehen wurde – und wird. Hier wurde auch gesungen, weil auch der Gesang ein Abglanz himmlischer Verhältnisse ist, wie wir aus der Heiligen Schrift wissen. Aber sonst wurde auch in Silvacane geschwiegen. Die Mönche gingen im Alltag in einer Zeichensprache miteinander um. So waren diese Räume Räume der Stille, so wie an diesem Wintertag.

Von der kleinen, alten Stadt Gordes her näherte ich mich schließlich Sénanque, freilich auf einer Straße, die es damals wohl nicht gab. Sénanque liegt versteckt in einem Seitental, das fast eine Schlucht ist, und neigt zum Verschwinden. Ähnlich wie das in einem Waldstück versteckte Le Thoronet. Jedoch: hier angekommen, muß man eigentlich nicht mehr wegfahren. So sieht das aus, so sah das aus. Sénanque steht auch nicht unter dem Patrinonium der staatlichen Burgen und Schlösser und sonstigen archäologischen Denkmäler wie Versailles oder Le Thoronet. Innerhalb dieser Mauern wird noch gebetet und gesungen; und zwar Liedgut, das schon erklang, als diese für mich hinreißendste der drei Zisterzienserabteien von 1148 an gebaut wurde. Der Ort dürfte schon damals wie ein Ziel ausgesehen haben. Bei aller Askese, die sich bei den Zisterziensern gerade in der Art des Bauens niederschlug: perfekt. Nun sind Askese und Perfektion kein Widerspruch, sondern, gerade einem sogenannten modernen Menschen, also auch mir, geradezu einleuchtend. Sénanque ist etwas, das einleuchtet. Dazu bedarf es nicht einmal der blühenden Lavendelfelder, die die Zierde jedes Reiseführers der Provence sind. Erdverbundene Romanik: gleich hinter der Apsis das Lavendelfeld. Allerdings gibt es auch hier einen Parkplatz. Die Größe der Einrichtung läßt mich daran denken, daß es nicht immer so sein kann wie heute, einem heiteren Wintertag, ganz allein. Wenn der Lavendel blüht, ist es hier aus mit der Stille, die aber die Conditio sine qua non des Mönchslebens ist. Die Weltabgeschiedenheit von einst ist über eine geteerte Straße in wenigen Minuten zu erreichen. Da ist es schnell aus mit der Weltabgeschiedenheit und der Stille. Es bedarf nicht einmal eines heute auch in der Provence so beliebten Geländewagens. Mittagspause. Auch ich höre etwas: das erwartungsvolle Gegacker von Menschen, die auf das Mittagessen warten, das Geklirr von Tellern und Besteck, die andächtige Ruhe, die sich im Administrationsflügel einstellt, sobald die Suppe auf dem Tisch ist. Und dann noch etwas Schlürfen und Schmatzen, und die ersten oder letzten Finken, so ruhig ist alles. Ich warte gerne auf das Ende der Mittagspause und habe mich dazu in die Sonne gesetzt mit dem Blick über das leuchtend graue Lavendelfeld zur Apsis hin. An der Außenmauer entdecke ich Holzkreuze: den Friedhof der Abtei, letzter und untrüglicher Beweis, daß hier gelebt wird. Vor zehn Jahren sind die Zisterzienser »für immer« hierher zurückgekehrt. Und fern und oben: ein Düsenjet in diesem Mittagsblau. Ein solcher wird mich zwei Tage später zurückfliegen; und meine Reise zu den Zisterziensern wird mit ein paar Warteschleifen über dem Spessart, für die sich der Kapitän entschuldigt hat, enden.

Sehnsucht

Photographien aus den Tagen von 1909–1910, Oberschwaben

Das Glück ist zwar nicht photographierbar und noch weniger beschreibbar, und doch:
Ein junger Mann in der Arbeitskleidung von einst vor einer Tür stehend und so im Bild: mit diesem Die-Welt-liegt-vor-mir-Blick in die Welt blickend. Heute wäre er einhundertfünfzig. Nur die Tür, an die er sich lehnte, mag es wohl noch geben. Gewiß übermalt, wieder und wieder gestrichen. Die Zeit dieses Mannes mit der weißen Schürze und den starken Armen – lässig lehnt er sich an die Tür – ist lange vorbei.

Das ist einer von uns. Er kam vom See herauf zu uns und hat gleich nach dem Krieg hier geheiratet. Das ist Fritz. Zwischen der Aufnahme und der Zeit bei uns war er im Feld, wie es heißt. »Ich war im Trommelfeuer von Verdun.« Trommelfeuer, ein Wort, das er mitbrachte. Den Schnauzbart hat er auch behalten. Er ist mit ihm alt geworden. Und nun: Was ist ein Bild gegen die Tatsache, daß du nicht mehr da bist? Was soll mir diese Aufnahme von damals sagen? Daß alles aufgehoben ist? Bilder sind nichts anderes als eine zweite Welt. Glaub nur nicht, daß es einmal so gewesen ist wie auf den Bildern! Und doch: Was ist so ein Augenblick gegen die bleierne Zeit! *»Me moß bim Boue ou as Abreiße dengke!«* sagte ein weiser Baumeister in unserer Muttersprache, die nicht photographierbar und unbeschreiblich ist. Das ist Fritz, der hier als Mann von Zukunft zu sehen ist. Für immer wird er an dieser Tür lehnen. Was hat sich der Photograph dabei gedacht? Mitten ins Bild hinein hat er unseren Fritz gestellt, und in die Mitte des Türrahmens.
Wußte er nichts von den mittelalterlichen Baumeistern, die eine kleine Unvollkommenheit, eine kleine Verschiebung einbauten, um nicht ganz vollkommen zu sein, um Gott nicht zu lästern, indem sie ihn kopierten –, damit keiner ihre Sache mit dem Himmel verwechsle. – Jetzt erst sehe ich, daß der Rahmen nicht ganz zu sehen ist, und auch, warum diese Tür lebt: Das Leben spiegelt sich in ihren Fenstern, schwarzweiß.
Und die Augen von Fritz spiegeln auch irgend etwas. Ohne diesen flüchtigen und in seiner Flüchtigkeit festgehaltenen Augenblick wäre das Bild nichts. Zum Glück gibt es dieses Bild und den Glücksaugenblick, den es festhält, diese alles beweisende Aufnahme. Dieser da hat gelebt, mehr: er ist am Leben und lebt und wird weiterleben, solange es dieses Bild gibt. Aber diese

Schuhe: was ist aus ihnen geworden. Und was aus dem Halstuch? Als ich dann als kleiner Ministrant an seinem Grab stand, hörte ich, wie der Priester neben mir »Staub bist du. Zu Staub kehrst du zurück!« in pathetisch-nüchternem Tonfall ausrief und mit dieser Behauptung Fritz meinte, der nun vor uns lag und nicht mehr stand wie auf dem Bild, lässig an die Haustür gelehnt, die ihn überlebte. Nicht abbildbare Sätze, sondern Erinnerungen werden durch das Bild zu einer zweiten Gegenwart: »Ums Numluege kaschd nimme rumluege!« (Das heißt, in unsere Muttersprache, die nicht photographierbar ist, übersetzt in etwa: »Ums Hinüberschauen kannst du nicht mehr herüberschauen.«) Dieser Mensch, der da abgebildet ist, war doch nicht stumm? Er hat doch sprechen können, hatte doch eine Muttersprache? Das ist der Fritz, ich habe ihn selbst gehört und gesehen! Die Ähnlichkeit zwischen diesem Bild und meiner Erinnerung. Und später: die von Leben und Tod. Schnapsbrenner war er auch noch. Ein Glück, daß dieses Bild von all dem nichts weiß. Ein Schmerz, ein Schmerz darüber, daß das Leben eine andere Geschichte schreibt als die vom Augenblick erwartete. Tage von 1909 mit diesem jungen Mann im Türrahmen, der alles erwartet. Türrahmen seines Lebens, meinetwegen. – Ich breche ab, denn ich bin auf die Füße gestoßen, die Füße waren mir bisher entgangen. Wie stehen sie da?! Kann einer so überhaupt stehen? Wie ist die Statik des Ganzen, dieses Bildes wie Menschen? Er konnte stehen, weil es die Tür gab. Es war aber kein richtiges Stehen, sondern nur ein Anlehnen. Ein Bein, das andere wie daneben, ja dagegen, als ob es nicht dazugehörte. Ich erkläre es zur Wunde dieser Aufnahme. Und nun: alles Gute, lieber Freund!
Ich hoffe, daß dein Leben trotz allem schön war.

Es sind Menschen, die hier herumstehen. An einige kann ich mich erinnern oder bekomme gesagt, wer sie sind. Von andern habe ich meine eigenen, freilich ganz anderen Bilder. Der da, schwer zu erklären, wo er im Bild steht, der mit dem Schulranzen, ist mein Großvater. Er steht da wie hingestellt. Alle, die da herumstehen, stehen so zueinander wie die Menschen der Giacometti-Plastik *La Place*: Es sind Menschen, die einander nie begegnen werden, und doch fällt ihr Schatten in dieselbe Richtung. Seltsam: auch unsere Häuser scheinen nur so herumzustehen. Unser Photograph hat die Ordnung der Häuser, die eine Unordnung ist, durch unsereins zu einer kaum erträglichen Gegenwart gesteigert. Und unsereins ist noch weiter voneinander entfernt und in einem vageren Verhältnis zueinander stehend als unsere Häuser. Gut, wenn es so sein muß. Nicht einmal der Hund ist an der richtigen Stelle im Leben, nur im Bild hat er scinen Platz. Ich wäre damals nicht gerne an ihm vorbeigegangen. Schon vor seinem Bellen hätte ich Angst gehabt. Er hätte mich beißen können. Das Bild hält ihn als unbestimmte schwarze Stelle im Raum fest, als Randphänomen der Geschichte, das er war. Die Menschen, alles Kinder, stehen wie auf einer Bühne im Bild, als Statisten ihrer selbst. Sie sind Stellvertreter des Menschen, von dem hier, wie es nur ein Bild kann, gezeigt wird, daß er das Wesen ist, das nicht sprechen kann. Eine wunderbare Stille strahlt das Bild aus. Eben ein Bild. Es gibt ja keine lauten Bilder.

Die zwei Erwachsenen auf den zwei Hausstiegen habe ich übersehen. Doch sind sie so unbestreitbar da wie der Blitzableiter und die Dachrinne und alles. Aber die Welt hier, diese Welt, besteht aus fünf Kindern, ein sechstes ist gerade noch halb zu sehen, die mir zugewandt und stumm sind, nicht spielen und nicht streiten. Aus Kinderstatuen. Die Welt: das ist dieses Mädchen im Gras. Sie ist eine kleine Vertreterin von Schwermut und Träumerei, und wenn sie nicht gestorben ist, dann lebt sie noch. Auf ihrem Gesicht jener Traum, den unser Photograph an diesen Tagen von 1909 ins Dorf brachte. Jetzt aber werden sie alle noch ein schönes Stück wachsen und dann irgendwann aus dem Bild verschwinden. Alle, die hier zu sehen sind (oder gezeigt werden), sind wohl weg vom Fenster, wie ich konstatiere. Sie ruhen nun auf dem Dorffriedhof, der hier nicht auf dem Bild ist – oder nur unscharf, wie von fern.

Die Menschen aus Oberschwaben von einst, die hier zu sehen sind, sind zwar alle stumm. Doch noch mehr als die anderen und vielsagender: dieses kleine Adventsgesicht. So offen wie jenes auf dem Bild von Gauguin, das *Wann heiratest du?* heißt. Ein kleiner Mohr in Oberschwaben, der vielleicht in der Taubstummenanstalt von Wilhelmsdorf untergebracht war und lebte. Das Bild eines Taubstummen? Es ist ganz und gar nicht von Belang, daß ich dies frage, denn das Gegenteil von dem ist die Wahrheit dieser Photographie, die mich unmittelbar anspricht. Es ist eine sichtbare Frage. Ob ich sie verstehe, weiß ich nicht. Ich möchte genau hinsehen und hinhören. Ein Herr, wahrscheinlich ein Lehrer, sitzt neben ihm, er stumm, wahrscheinlich nicht taubstumm, in sein Dame-Spiel vertieft … Auch diese Aufnahme ist eine Inszenierung des Photographen, eine Inszenierung von Wahrheit.

Was für ein helles Gesicht! Wo in Oberschwaben, im Herzen dieses rauhen und hohen Geländes, hat es dies je gegeben: daß ein schwarzes Kind in einer Art oberschwäbischen Urwaldes sitzt, Dame spielt, mich dabei anschaut und fragt, was das Ganze eigentlich soll. Vielleicht auch nur, wie das Spiel weitergehen soll, und überhaupt: Ist diese Welt nicht absurd? Ein Kind erwartet viel, wenn nicht alles. Du willst weg von hier. Es ist dir zu kalt. Oder hast du nur Hunger und wartest auf das Abendessen? Vielleicht hast du auch nur Heimweh. Eines weiß ich bestimmt: Du bist nicht glücklich in deinen Kniebundhosen und der karierten Sonntagsjacke und den geschnürten Schuhen. Ich weiß jetzt, was du mir sagen willst: Kannst du mich nicht hier wegholen? Doch dafür ist es nun zu spät. Das ist die Tragödie dieses zu deiner Geschichte geronnenen Augenblicks. Und dann kam der Zeppelin. Mag sein, daß ihn auch der klei-

ne Afrikaner gesehen hat, so wie alle, die damals gelebt haben und durch diese Bilder bezeugt sind. Viel gab es bei uns nicht zu sehen. Kaum einer, der zu uns kam. *Zeppelin 3 über Hasenweiler 22. Sept. N. M. 6 Uhr*: so heißt das Bild. Vielleicht waren noch einige auf dem Feld bei der Arbeit, die das auch gesehen haben, sie sind aber nicht auf dem Bild.

Dieses Bild kenne ich. Der da in der zweiten Reihe, der zweite von rechts, ein Kopf, der auf dem Wasser schwimmt: das bin ich. Es ist heiß. Es ist Sonntagnachmittag, kein Zweifel. Der Beweis: die jungen Herren mit Sonntagshut und Sonntagsgewand sowie die müden Gesichter, kurz vor dem Nachhausegehen. Um fünf muß ich die Kühe vom Feld holen. Meine Freunde, denen man nicht ansieht, daß sie meine Freunde sind, die neben mir im Wasser stehen, verbergen ihre Brust, verschränken die Arme auch noch im Wasser, vor ihrer Brust, vielleicht, weil sie nicht vorhanden ist, so wenig wie die Mädchen vorhanden sind. Ich habe mich gleich ganz ins Wasser getunkt, so daß noch weniger von mir zu sehen ist als gewöhnlich. Der Photograph hat uns gesagt, wo wir uns hinstellen müssen. Ein wunderschöner Tag. Es gibt nichts Schöneres, als an einem solchen Tag in unserem Badebecken am Waldrand zu sein. Aber jetzt, wo wir aufgenommen werden sollen, schämen wir uns ein wenig. Wir sind doch gar nichts Besonderes, warum kommt da einer und will von uns ein Bild machen? Schließlich sind wir alle an unserem Platz. Es dauert eine halbe Stunde, viel zu lang, so viel Zeit haben wir doch gar nicht. Was für ein schönes Bad war dies, was für ein schönes, dunkles Wasser! Wir leben in einer Moorgegend. Um uns herum die Zuschauer. Auch sie wurden an ihren Platz gestellt. In der Mitte der Bademeister, der auf uns aufpaßt. Daneben der Student mit der Krawatte und dem Strohhut, und wir, mit fast nichts, außer unserer Schüchternheit. Allmählich beginne ich zu frieren. Wann ist er endlich mit seiner Aufnahme fertig?

Eine Braut in der schönen Jahreszeit. Damals ganz in Schwarz, und so für den Rest ihres Lebens als das Bild zur Erinnerung an den Augenblick. Die Frau an ihrem Hochzeitstag. Und was ist aus ihr geworden? Heute ist sie zurechtgemacht für eine große Rolle. Du kannst sie aber nicht ausfüllen. Du bist nur verkleidet als Braut. Deine Augen sind größer als deine Erwartung. Aus diesem Hochzeitsbild ist auch eine Frage geworden. Haben sich da die zwei Falschen getroffen? Der Photograph, der diese Aufnahme gemacht hat, wußte dies vielleicht.

Und nun: Was war am Tag danach? Folgte das gewöhnliche

Nichts, Jahre und Kinder? Ein gemeinsamer Grabstein, der aller Welt sagen soll, daß hier zusammenliegt, was zusammengehört?

Was gab es sonst noch zu sehen? Richtige Bilder. Augen, die auf alles warten. Es ist Sonntag. Der Photograph ist zu uns gekommen. Wir haben uns für das Bild aufgestellt. Es ist ein Fest. Was war? Was ist geworden? Der Photograph ist wohl tot. Er ist vielleicht bald nach seinen Bildern gestorben.
Aber die Bilder gibt es noch. Sie beweisen, daß dieser Mensch gelebt hat. Und auch die anderen, die hier erscheinen, sichtbar sind, ja: werden. Die Würde, mit der sie sich vor der Kamera aufgestellt haben. Der lächerlich kurze Augenblick, der von der langen Aufnahme bleibt. Diese Bilder lassen nicht zu, daß das Banale als das Wahrscheinliche hingenommen wird. Es kann einfach nicht sein, daß auf einen solchen Tag – alles zittert vor Erwartung – das gewöhnliche Leben folgte.
Eine andere Welt, die ländliche, die vergangene, ist hier noch einmal festgehalten. Eine Welt auch, die ausgestorben ist, oder die es nie gegeben hat, ich weiß es nicht. Das ist der gemeinsame Grund dieser Bilder: Vom gezeigten Leben ist nichts mehr da, außer diesem – und, mag sein, daß die Erinnerung das einzige Paradies ist, aus dem wir nicht vertrieben werden können. Aber das ist auch ihr Schmerz, daß es Bilder sind von Menschen, die über keine Erinnerung mehr verfügen. Ein Glück für uns, daß wenigstens Bilder geblieben sind.
Wo aber ist der Photograph geblieben? Was ich erst nach seinen Bildern erfahren habe und nichts ändert am Bild, das ich mir von ihm gemacht habe: Er hieß und heißt Friedrich Pöhler, geboren am 29.9.1867 in Feldstetten (Württemberg).
Daß dieser Mensch wohl eine Art Nomade war, versehen mit dazu passenden Lebensdaten, die mir beweisen, daß hier nichts so recht zusammenpaßt, habe ich aufgrund der Tatsache, daß er praktisch nur einen Sommer bei uns war und dann in einem

Dunkel verschwand, aus dem er gekommen war, schon von Anfang an gefürchtet.

Oder habe ich mir das nicht so gedacht? Etwa so: Der unehelich geborene Sohn der Tochter eines Schneiders, zu einer Zeit, als unehelich noch eine gesellschaftliche Deklassierung und Schneider noch ein anderes Wort für arm war. (Welches Wort müßte heute an der Stelle des altehrwürdigen »arm« stehen?) Die kargen Daten, die ich nun bekommen habe, vermerken eine Mutter, die 1875 – mein Photograph ist da schon sieben oder acht Jahre alt – einen Mann, der nicht Pöhler heißt, heiratet. Die Mutter der Mutter nimmt sich erst als Witwe das Leben (durch Erhängen). In den Pflegschaftsakten von Feldstetten werden mehrere Geschwister als im Hausierhandel tätig geführt. Am 18.11.1909 meldet sich Pöhler in Esenhausen (das heißt im Herzen Oberschwabens beziehungsweise im schönsten »middle of nowhere«) an. Er kommt von der Haslachmühle (siehe Photo mit dem Mann am Türrahmen lehnend, das ich zum Selbstporträt, aufgenommen in den glücklichen Tagen vor der Hochzeit erkläre) und ist dreiundvierzig Jahre alt.

Und schon heiratet er, am 4.8.1910, bürgerlich, wie es heißt, und dann kirchlich, eine Frau namens Anna Maria Limpert aus Insterburg (Ostpreußen), gute neunundzwanzig Jahre alt. Was sie erst nach Esenhausen verschlagen hat, weiß ich schon gar nicht. Das Glück ist kurz und schmerzlich: Die Ehe wird im November 1910 durch gegenseitige Trennung und beidseitigen Wegzug aufgelöst. Sie verläßt ihn am 11. November wegen schlechter Behandlung und Rückfall – ich habe es gefürchtet! wie hätte es anders sein können! – ins Trinken.

Also doch! Es paßt eben nichts zusammen: Württemberger und Säufer, als solcher und Photograph in einer furchtbaren Welt

von – wie ich vermute – photographie-, welt- und kunstfeindlichen Sektierern, als Nomade bei den Bauern von Esenhausen, deren Existenz auf Bleiben angelegt war, alles in allem als Künstler unter den Menschen, als ihr Fremder, als solcher bei den anderen, die eine Heimat haben, und doch und trotz allem als einer, der dies alles im Bild festgehalten hat, und derart festhalten konnte, nur sich selbst nicht. Nur er konnte das so.
Am 9.6.1912 wird die Ehe durch das königliche Landgericht in der fernen Hauptstadt Stuttgart für geschieden erklärt. Der Ehemann wird für schuldig erklärt. Das ist alles und das letzte, was ich von ihm weiß. Das, was zu den Bildern, die er, auch für mich, gemacht hat, hinzukommt.

IV. ANTWORTEN UND FRAGEN

Ein Schriftsteller als geistiger Sozialarbeiter

Südkurier: *Was bedeutet »Dorf« für Sie?*
Arnold Stadler: »Dorf« war für mich das Maß aller Dinge, es war der Horizont für meine Weltbegegnung, meine erste Welt, so klein sie sein mag. Das war für mich alles, was ich kannte, lange genug. Dann kam die erste Weltreise sozusagen, das war nach Meßkirch, in die Schule. Ich glaube, es gab keine größeren Reisen für mich, obwohl ich später Weltreisen gemacht habe und immer noch mache. Damals fortfahren, das war eine Distanz, die ich da überbrücken mußte im Schulbus, da sind die Interkontinentalflüge nichts dagegen. Aber »Dorf« ist zunächst meine erste Welt.
Was bedeutet Ihnen Rast als Heimatdorf?
Es war einmal ein schönes Dorf, wo ich stehen und gehen lernte. Je älter man wird, wird es immer mehr zu einem Ort der Erinnerung. Und die Erinnerungen werden immer älter, es kommen wenig neue dazu, die es verdienen, als Erinnerungen bezeichnet zu werden. Was die Raster angeht, ein großer Teil von denen, die ich kannte, mit denen ich gesprochen (sprechen gelernt) habe, sind schon auf dem schön gewesenen Friedhof. Es gab eine Zeit, da habe ich das Dorf zu einhundert Prozent persönlich gekannt. Heute habe ich mit den meisten, die nun hier leben, noch nie ein Wort gewechselt. Dabei beiße ich nicht!
Ich habe verschiede Zäsuren beobachten können. Eine ganz gewaltige Zäsur war die Gemeindereform, die in irgendeinem weiteren Zusammenhang mit der Kreis- und Verwaltungsreform (auch gegen den Willen der Betroffenen) durchgezogen wurde. Die sogenannte Verwaltung kommt mir manchmal wie eine Kolonialverwaltung vor.

Das Dorf, aus dem ich komme, war ja ein ganz kleines Dorf, ein sehr traditionelles Dorf, ohne Fremdenverkehr wie am Bodensee, es hat auch keine Industrie gehabt. Das ist alles erst nach dem Krieg gekommen, da hat mein Onkel die erste kleine Fabrik aufgemacht.

Früher gab es den Musikverein, den Sportverein und den Kirchenchor. Das war genug, ich habe da nichts vermißt, ich war eigentlich sehr zufrieden, da zu sein. Ich hab niemals den Eindruck gehabt, am falschen Ort zu sein. Ich war auch nicht mit meinen Menschen, die um mich herum waren, unzufrieden, im Gegenteil. Ich habe immer gedacht, das sind die Richtigen – oder meistens wenigstens.

Herrscht auf dem Dorf ein sehr großes Harmoniebedürfnis, so daß bestimmte Dinge einfach nicht zur Sprache kommen und an die Oberfläche treten dürfen, die Sie in Ihren Romanen zum Ausdruck bringen?

Es herrscht kein Harmoniebedürfnis, es herrscht Streitbedürfnis. Ich habe meine Bücher aber nicht geschrieben, um mich in dieses Streitbedürfnis einzumischen oder dem Dorf noch einen Vorwand zu geben, sich zu streiten. Ich habe diesem vergessenen Landstrich, der ja nicht einmal einen Namen hat, eine kleine Form von, wie Heidegger sagt, »Andenken« gegeben. Ich habe eine Form von geistigem Sozialdienst geleistet.

Was halten Sie von Begriffen wie »Dorfgemeinschaftshaus«?

Das finde ich abscheulich, das ist Folklore. »Dorfgemeinschaftshaus«, das braucht man dann, wenn es keine Gemeinschaft mehr gibt, wenn die Sache verlorengegangen ist. Das könnte ein Wort von vor 1945 sein. Wie »Volksgemeinschaftshaus«.

Was mich besonders irritiert, ist auch das Erscheinungsbild der Musikkapellen hier. Was hat auf dem Heuberg bayerische Folklore verloren? Diese Gegend hat nie zu Bayern gehört. Und jetzt laufen sie herum mit Janker und Trachten. Das ist nachgeäffte bayerische Folklore und über den sogenannten Fernseher importiert, über den Musikantenstadl, mehr nicht.

Vielleicht soll so etwas nach außen die Harmonie des heilen Landlebens demonstrieren.

Ich glaube nicht, daß es das heute noch gibt: Ein Dorf mit dem sich alle Bewohner identifizieren. Die Leute gehen ja auch nicht mehr in die Kirche am Sonntag, ich auch nicht. Und es gibt ja keine Molkerei mehr. Ich selber bin jahrelang in die Molkerei gegangen. Das war auch ein gesellschaftlicher Treffpunkt.

Die Gesellschaft, die sich da entwickelt hat, ist zentrifugal auseinandergefallen. Und das hängt zusammen mit der tatsächlichen und der virtuellen Mobilität. Jeder hat ein Auto und jeder hat einen Fernsehapparat. Manche gucken noch im Bett Fernsehen und können Sendungen in Sprachen empfangen, die sie gar nicht verstehen. Alles ist möglich, überall.

Haben Sie Sehnsucht nach dem Früher, war es früher besser?

Nein, das war bestimmt nicht besser und ich habe überhaupt keine Sehnsucht, ich bin kein Romantiker. Aber ich möchte eigentlich so ein Leben, wie es ein Dorfkind heute führt, nicht führen. Das wär' nicht das, was ich mir wünsche, das war schöner früher.

Wieso war es schöner?

Weil ich noch spielte und weil man zum Beispiel von den großen Zusammenhängen nichts gewußt hat. Es gab die ersten Jahre keinen Fernseher. Und als die ersten Fernsehgeräte ins Dorf kamen, da kamen Kinder und Erwachsene zusammen. Wir hatten zu Hause auch ein Fernsehgerät. Da hat man sich zum Fernsehen getroffen. Zum Beispiel der Mainzer Umzug,

das war ein Höhepunkt der frühen Jahre. Heute gibt es vierzig Programme und keine Identifikationsmöglichkeiten mehr.
Es war aber nicht so, daß das eine heile Welt gewesen wäre. Es gab es ja auch im Dorf eine Sozialhierarchie. Ärmere und Reichere, Privilegierte und weniger Privilegierte, Außenseiter und Dominante. Ich möchte auch nicht als Randfigur gelebt haben im neunzehnten Jahrhundert auf dem Dorf und auch nicht in irgendeinem Jahrhundert zuvor. Das muß grauenhaft gewesen sein.
Ich bin ja in die Nachkriegsdorfwelt hineingeboren. Das war ja überhaupt keine »heile Welt«. Die letzten kehrten 1949 aus dem Krieg zurück, da war mein Vater auch dabei. Dann sind Flüchtlinge gekommen, man hat die große Politik wahrnehmen müssen. Zum Beispiel. Und warum diese Flüchtlinge kamen, wurde tabuisiert wie die Zeit bis 1945, als ob es sie gar nicht gegeben hätte, und es wurde keinerlei Zusammenhang hergestellt.
Die Flüchtlinge waren für mich eine Bereicherung. Ich war fast jeden Tag bei einer von ihnen, Frau Madefsky. Mit ihr bin ich aufgewachsen. Die ist später dann weggezogen. Ich vermisse sie noch heute, als ob sie schon tot wäre. Einige sind geblieben und haben sich integriert, sind aufgegangen im alten Dorf, und die Kinder sprechen jetzt auch Rasterisch. Die anderen sind weggegangen, die ihre Identität vielleicht behalten wollten.
Rasterisch, wer spricht das heute noch?
Ich merke schon, daß das Fernsehen sich auch in die Sprache einschleicht und alles gleichmacht. Ich habe es schon bemerkt, als ich in der Schule war, daß die Meßkircher etwas anders gesprochen und zum Beispiel immer den Imperfekt verwendet haben. Den gibt es nicht im schwäbisch-alemannischen Dia-

lekt. Spätestens, seitdem »I han« durch »I hab« ersetzt ist, ist es mit der sogenannten Muttersprache zu Ende.

Ich glaube, daß es auch in unserer Generation durch die Gleichschaltung dieses Apparates Fernsehen wirklich zu einer ganz großen historischen Zäsur gekommen ist, die die Sprache und das Leben überhaupt erfaßt. Das Fernsehen hat einen destruktiven Charakter. Der Abend ist jetzt in der Regel ein Fernsehabend geworden. Früher haben sie vielleicht noch gestrickt oder sich unterhalten, das war auch nicht weniger oder schlimmer, ich kann mich sehr gut erinnern. Heute guckt man sich ich weiß nicht was noch an. Auf alle Fälle ist es ein Vereinzelungsereignis, es ist nicht gemeinschaftsstiftend: Es macht aus den Zuschauern ein Millionenpublikum von Einzelfällen.

Ich glaube, das Fernsehen war der eigentliche Todesstoß für das Dorf. Mit dem Fernsehen kam eine Form von Gleichgültigkeit und Gleichwertigkeit. Alles ist egal und nichts ist besonders. Und die Leute, die durchschauen das ja nicht. Aber sie sind dennoch die Opfer davon.

Gewiß hat die Glotze auch eine therapeutische Aufgabe. Ich denke jetzt an die spätabendlichen Sexprogramme.

Leben die Leute auf dem Dorf zwischen zwei Welten, in der hergebrachten Dorfwelt und der neuen Medienwelt, die die ganze übrige ins eigene Wohnzimmer holt?

Die eine Seite wird ja als Folklore zelebriert. Es gibt ja diese unsäglichen Dorfhocks. Vielleicht steckt dahinter das Bedürfnis nach verlorener Gemeinsamkeit, nach heiler Welt.

Ich war dieses Jahr beim Musikfest in Rast. Früher wurde das Musikfest alle zehn Jahre gefeiert. Das erste war, als ich neun war. Meine Großmutter hat mir, als ich am letzten Festabend ins Bett ging, gesagt, das nächste ist erst wieder in zehn Jahren.

Da habe ich mir ausgerechnet, da bin ich neunzehn Jahre alt. Das halte ich nicht aus, so lange zu warten auf dieses schöne Musikfest, dachte ich.

Ist das Dorf eine kleinere Stadt ohne U-Bahn, Supermarkt und mit ein paar Silos drumherum?

Es ist, zum Beispiel, ein Ärgernis für mich, daß es auf dem Dorf nun Straßennamen gibt. Wozu denn eigentlich? Für den Postboten, der jetzt auch aus Meßkirch kommt, weil die Raster Post geschlossen wurde. Und für einen Bürgermeister, der sich von irgendwoher beworben hat. Das ist nur alles die Administrationsfurie. Ich bin dafür, daß der Bürgermeister nur aus der jeweiligen Gemeinde stammen müßte. Ich bin gegen dieses Verwaltungsunwesen, daß irgendeiner, der an dieser Verwaltungsfachschule in Kehl gewesen ist, sich dann irgendwo bewirbt und dann als Bürgermeister in ein Dorf oder eine Stadt kommt, die er vorher vielleicht noch nie gesehen hat. Dorfschultes war früher eine Form von Ehrenamt. Heute ist es reine Verwaltungsarbeit. Das ist was ganz Ungutes.

Es sind ja auch viele Kompetenzen aus dem Dorf in größere Verwaltungseinheiten verlagert worden.

Was brauche ich eine Friedhofsordnung oder all diese Dinge. Ich finde das schikanös. Für mich ist das eine Form von Neokolonialismus, wie schon gesagt. Von außen kommt jemand und sagt den Leuten, was sie machen sollen, so wie irgendein hochmütiger englischer Verwaltungstrottel irgendein Dorf oder eine Gegend in Afrika kommandiert hat. Und die mußten dann nach dem englischen Administrationsprinzip leben. Und so komme ich mir auch vor auf dem Land jetzt.

Was habe ich zu tun mit Sigmaringen! Die ganze Geschichte unseres Dorfes hat mit Sigmaringen nichts zu tun. Da gibt's keine Berührungspunkte. Und dann kommt der Schiess als Innenminister daher und macht zusammen mit einem abgehalfterten SPDler eine Kreis- und sogenannte Verwaltungsreform. Reform, wenn ich das nur schon höre, das ist ein so schönes Wort und dann ist so etwas damit verbunden. Und die Leute lassen alles mit sich machen.

Daß sich die Dörfer drei Kilometer südlich von Meßkirch zusammengeschlossen haben, ich glaube gegen Meßkirch, das ist ja sehr sonderbar. Ich hätte gar nichts dagegen gehabt, wenn auch diese Dörfer zu Meßkirch gekommen wären. Das hätte noch eine gewisse Logik gehabt, denn mit Meßkirch gab es immer Verbindungen. Und das wäre ein natürliches Zentrum gewesen. Wir haben jetzt in dieser Kunstgemeinde Sauldorf kein Zentrum. Die Gemeinde heißt Sauldorf, und der Bürgermeister regiert von Sauldorf aus, und es wird von Sauldorf aus verwaltet. Aber daran sieht man nur, daß es eine Verwaltungsangelegenheit ist und nichts Natürliches.

Ist eigentlich das Dorf grausamer als die Stadt?

Die Großstadt? Ja, das glaube ich. Es kommt darauf an, wer man ist auf dem Dorf. Es ist dann grausamer, wenn man nicht der Richtige ist. Wäre man in der Großstadt, kümmerte das keinen Menschen. Es gibt dort so viele Untergruppen, daß man sehr leicht und frei ohne Vormundschaft auskommen kann und Menschen findet, die zu einem passen.

Wo leben Sie lieber? In Freiburg oder in Rast?

Am liebsten lebe ich auf der B 31, die beide Orte verbindet. Ich bin ja nicht angewiesen auf das Leben in Rast. In Rast selbst sind Haus und Garten groß genug. Wenn ich dort bin, komme ich ja oft tagelang nicht raus, da gehe ich auf und ab unter den Bäumen, die ich kenne. Ich sehe da einen großen Vorzug auf dem Land zu sein, in einer Umgebung, die so klein ist, daß sie schon gar nicht mehr auffällt. Ich bin da wirklich frei und auf der ganzen Welt. Mitten auf der Welt in dem Haus. Während ich so eine Empfindung nicht haben kann in einer mittelgroßen Stadt, wie es Freiburg ist. Freiburg ist vom Charakter her eine Kleinstadt. Freiburg ist viel provinzieller als die Gegend hier, die gar nichts Kleinstädtisches hat, und doch zweifellos auf der Welt ist, und zum Beispiel dem Himmel so nahe und fern ist wie jeder andere Ort auf der Erde.

Wo bleibt das Tischgebet?

Weltbild: *Sie haben Ihren Wohnsitz in Rast bei Meßkirch in Südbaden. Würden Sie diesen Ort als Ihre Heimat bezeichnen?*
Arnold Stadler: Ich weiß nicht, mit welcher Dimension Heimat zu tun hat. Ob mit Zeit oder mit einem Ort. Wahrscheinlich mit beidem. Eine ideale Verbindung ist ein bestimmter Ort in der Vergangenheit. Wenn ich für mich selber einen Ort angeben müßte, wäre es der Birnbaum in unserem Obstgarten hinter dem Haus. Das war meine Heimat. Vor dreißig Jahren.
Aber Heimat hat doch auch mit Geborgenheit zu tun, mit dem Wissen, irgendwo hinzugehören, mit Menschen.
Wo gehöre ich hin? Die Heimat ist ja auch etwas, was war. Wenn Sie das, was ich gerne als Heimat sähe, besuchten, dann würden Sie feststellen, daß es dort ist wie überall. Es ist eine verwechselbare Heimat. Und die Menschen sind leider Gottes auch sehr in Mitleidenschaft gezogen durch die visuellen Medien, die Möglichkeit, überall hinzufahren, aber nirgendwo anzukommen. Sie sind heute von überall gleich nah, aber auch gleich fern. Nähe und Distanz ergeben auch auf dem Land keinen Sinn mehr.
Sind Sie ein Pessimist, der vor der Idylle die Augen verschließt?
Diese Idylle ist wenig erbaulich. Unsere Heimat ist die Welt. Aber bezogen auf alles, ist die Erde nichts. Ich habe sie auf dem Nachttisch stehen, und ich schau drauf und sehe dann auf dem Globus, daß ich irgendwo dort in einem Bett liege.
Ist es Ihnen gänzlich egal, an welchem Fleck Erde dieses Bett steht?
Das ist mir überhaupt nicht egal. Als ich zum ersten Mal von zu Hause weg kam, ging ich nach München. Ich habe Heim-

weh gehabt, natürlich, ich habe jeden Tag gezählt, bis ich wieder zurückfahren konnte. Ich war auch nie für längere Zeit weg. Selbst wenn ich in der Welt unterwegs war, kam ich spätestens nach einem halben Jahr wieder zurück.

Haben Sie heute auch noch Heimweh?

Nein, schon lang nicht mehr.

Ist das nicht schade?

Ich kann mich an das Gefühl von Heimweh erinnern. Genauso wie ich mich erinnern kann, wie ich zum letzten Mal verliebt war. Und selbst das ist schon zwanzig Jahre her. Ich kenne das Gefühl sehr wohl, aber ich empfinde es nicht mehr.

Würden Sie es gern empfinden?

Heimweh oder Verliebtsein? – Dazu müßte ich weg sein. Sie müssen Distanz haben von etwas, um dahin zu wollen.

Aber Sie haben ein so düsteres Bild von Ihrer Heimat gezeichnet?

Ich habe mich arrangiert mit dem, was man daheim nennt. Aber ich ärgere mich furchtbar über die Barbareien auf dem Land, über diese Kopflosigkeit und Stumpfsinnigkeit der Leute. Ein Beispiel aus dem vergangenen Jahr: Wir haben einen Friedhof, der liegt so schön außerhalb auf einem Hügel. Bei uns sterben nur drei oder vier Leute im Jahr, und dort ist ein riesiges Feld frei. Und jetzt hat die Bürokratiefurie die Vorstellung, ein Friedhof müsse glatt sein, quadratisch und aufgeräumt. Selbst ein Baum ist ein Ärgernis, weil der eine Sauerei macht. Jetzt wollen sie den alten Friedhof neu gestalten, das heißt, die alten Grabsteine beseitigen. Andernorts sind alte Grabsteine Kulturgut, das historische Gedächtnis eines Ortes, das einzige Zeichen, daß dort jemand gelebt hat. Aber bei uns will man das nicht haben. Weg damit. Das hat mich in den letzten Wochen sehr geärgert. Da sind Gräber dabei von Leuten, die erst vor zwanzig oder fünfundzwanzig Jahren gestorben sind. Andere Gräber waren über einhundert Jahre alt.

Solche Vorschriften kommen doch aber, wie Sie ja selbst sagen, aus der Stadt.

Alles kommt aus der Stadt, aber die Leute auf dem Land wehren sich nicht.

Was sagen denn die Leute bei Ihnen daheim über Sie? Immerhin machen Sie die Gegend um Meßkirch in Ihren Büchern berühmt.

Mittlerweile sind sie stolz, aber nicht alle natürlich. In meine Schule in Meßkirch wurde ich zum Beispiel eingeladen. Jetzt, zur Verleihung des Preises, habe ich von überall her Glückwünsche bekommen. Auch von Leuten, von denen ich gar keine Glückwünsche wollte. Von anderen kam nichts. Man macht das halt nicht. Man gratuliert nicht zu so was. Das hat es ja auch noch nicht gegeben. Andererseits sind die Leute dort mit Berühmtheiten verwöhnt. Es kommt Martin Heidegger aus unserem Dorf und Konradin Kreutzer und der barocke Prediger Abraham a Sancta Clara.

Ist Weihnachten für Sie mit Heimat verbunden?

Zu Weihnachten war ich immer zu Hause. Nein, einmal war ich bei einem Onkel in Argentinien.

Wie kommt es, daß sich die Leute gerade an Weihnachten so sehr nach ihrer Heimat sehnen?

Nicht alle! Ich kenne Leute aus der bürgerlichen Gesellschaft, aus der Aristokratie auch, die verabreden sich zu Weihnachten nach St. Moritz und verbringen in der Hotellobby den Heiligen Abend. Das ist mir etwas Unvorstellbares. Ich finde, daß an Weihnachten, am Heiligen Abend, eine ganz besondere Stimmung entsteht. Und es ist jedes Mal eine Enttäuschung, daß es nicht mehr so ist, wie es einmal war. Eine Enttäuschung, daß man kein Kind mehr sein kann.

Wie feiern Sie Weihnachten?

Ganz unspektakulär. Es gibt auch am Heiligen Abend nichts Besonderes zu essen. Höchstens Kartoffelsalat und so was. Da bin ich Purist. Was Großes gibt es erst an Weihnachten.

Feiern Sie bei Ihren Eltern?

Zunächst bin ich allein, weil meine Eltern und meine Schwester und die Kinder bei einer anderen Schwester sind. Die kommen dann meistens so gegen acht Uhr.

Machen Sie sich Geschenke?

Nein.

Wollen Sie auch keine?

Nein. Ich bin ganz verärgert, wenn ich was bekomme. Ich sage immer »Ich will nix«, und dann bekomme ich doch irgendeinen Pullover, den ich nicht ausgesucht hätte. Oder Bettwäsche. Nun gut, Bettwäsche kann man immer gebrauchen.

Worüber können Sie sich freuen?

Worüber freue ich mich? – Gut, ich freue mich auch über Geschenke, aber an Weihnachten ist das ein Terror. Weihnachten ist zum Geschäftstermin geworden mittlerweile. Beim größten Geschenktransfer des Jahres möchte ich nicht mitmachen. Ich möchte, daß Weihnachten mit Besinnung und Licht zu tun hat. Und damit, daß Gott Mensch geworden ist, was überhaupt das größte Fest des Jahres ist.

Wichtiger als Ostern – für Sie als katholischer Theologe?

Ich bin ein Inkarnationstheologe, kein Kreuzestheologe. Ich kann mit Karfreitag nichts anfangen. Weihnachten ja. Der Tag der Erlösung ist für mich Weihnachten, weil Gott Mensch geworden ist.

Finden Sie »Stille Nacht« kitschig?
Ich liebe »Stille Nacht«.
Wenn in Ihrem Dorf während der Christmette »Stille Nacht« gesungen wird, fühlen Sie sich dann nicht auch als einer von denen. Als einer von denen, mit denen Sie so kritisch umgehen?
Ich bin immer einer von denen. Mehr nicht. Aber ich muß doch kritisch sein. Auch mit mir selbst. Ich kann doch nicht einfach bestätigen, was ist. Durch meine bloße Beschreibung des Zustandes des Menschen entsteht schon eine Kritik. Auf der ganzen Welt habe ich keine so drastischen Menschen erlebt wie bei mir zu Hause. Aber ich muß mit ihnen leben, auch mit mir selbst.
Sie machen morgen Abend eine Autorenlesung. Wissen Sie schon, was Sie lesen werden?
Nein, ich schaue mir immer zuerst das Publikum an. Wenn jemand drinsitzt, den ich kenne, Schulfreunde etwa oder Verwandte, dann möchte ich bestimmte Sachen nicht vorlesen.
Was lesen Sie dann nicht vor?
Stellen, in denen zum Beispiel das Wort »ficken« vorkommt.
Weil sich das nicht gehört für einen, der vom Land kommt?
Über das, »was sich gehört«, muß sich ein Schriftstellermensch doch hinwegsetzen. Ich greife in meinen Büchern ein Thema auf, das ich sonst in der Literatur der letzten Jahre nicht entdeckt habe: die religionsfeindliche Gesellschaft. Ein Beispiel: ein Gespräch in einem Luxushotel. Ein Mann erzählt etwas, und im Laufe des Gesprächs fällt das Wort »Kirchenchorausflug«. Daraufhin zuckt seine Frau zusammen und hat Angst, daß die Leute an den Nachbartischen dieses Wort hören. Wäre noch das Wort »Gott« gefallen, wäre sie wahrscheinlich zusammengebrochen. Auf der anderen Seite ist das Wort »ficken«

inzwischen vollkommen gesellschaftsfähig. Oder: eine Feier in einem Stuttgarter Club. Die Gastgeberin verkündet: »Das Büffet ist eröffnet!« Mein Ich-Erzähler möchte rufen: »Wo bleibt das Tischgebet?« Er macht es nicht, weil das ein Skandal gewesen wäre. Hätte er gerufen: »Gabi, zieh dich aus!«, hätten alle gelacht.

Also ist Ihnen das Thema Gott auch ein wichtiges Anliegen?

Ich thematisiere ganz vorsichtig, aber es ist doch ganz grundsätzlich. Es ist durchaus ungewöhnlich, daß ein Schriftsteller, der so schreibt, wie man 1999 schreibt, Verbindungen hat zur Kirche. Ich kenne keinen außer mir. Leider.

Diese Verbindung hat doch auch mit Ihrer Vergangenheit auf dem Land zu tun.

Ja, aber nicht jeder, der eine Vergangenheit auf dem Land hat und schreibt, ist gläubig. Es gibt eher das Gegenteil: eine scharfe, unerbittliche Ablehnung von allem Religiösen. Ich möchte aber nicht meine Lebensgeschichte für ungültig erklären, nur weil ich meinen Kinderglauben verloren habe.

Sie waren in der Welt, haben viel gesehen, viel erlebt. Bedauern Sie die Menschen in Ihrer Heimat, die nie weg kamen?

Da kann ich sie eher beneiden, weil sie vieles nicht gesehen haben, was ich gesehen habe. Die Katastrophen kommen nun übers Fernsehen ins Haus. Sicher, tödliche Krankheiten gibt es auch auf dem Land, den Tod gibt es auch auf dem Land und selbst das anonyme Sterben ist auch auf dem Land eingezogen.

Wo möchten Sie beerdigt werden?

Ich kaufe mir gerade ein Haus in Frankreich am Atlantik. Dort. Im Schatten einer romanischen Kirche.

Was soll auf dem Grabstein stehen.

Nichts soll draufstehen. Ich finde das anmaßend. Es gibt noch keinen angemessenen Grabspruch, der diesen Skandal, daß da einer gestorben ist, erklären helfen könnte.

Es gibt keine Brezeln mehr

Gespräch mit Klaus Nüchtern in der DuMont-Koje. Frankfurter Buchmesse 1999

Nobelpreis für Günter Grass – das kam nur insofern überraschend, als man so lange darauf gewartet hatte, daß zuletzt keiner mehr damit rechnete. Der mit sechzigtausend Mark dotierte Georg-Büchner-Preis für Arnold Stadler hingegen – das ist ein rechter Überraschungscoup. Ins Blickfeld einer breiteren Öffentlichkeit rückte der 1954 im südbadischen Meßkirch (Heidegger-Country!) geborene und noch heute im elterlichen Bauernhaus in Rast bei Meßkirch lebende Stadler wohl erst 1994, als Martin Walser dessen stark autobiographisch und auf die unmittelbare Heimat bezogenes Schreiben in einem *Spiegel*-Essay in den höchsten Tönen lobte. Ihm, so erklärte Walser, sei der »Stadler-Ton alles«; ein Ton, der sich »vom Aufrufen und puren Nennen zum lakonischen Konstatieren und zuletzt zum in allen Präzisionen blühenden Erzählen« entfalte.

Anlaß für Walsers Eloge war das Erscheinen von *Mein Hund, meine Sau, mein Leben* mit dem Stadler seine mit *Ich war einmal* (1989) begonnene und mit *Feuerland* (1992) fortgesetzte autobiographische Romantrilogie beendet hatte. Mit seinen Büchern – neben den genannten auch noch *Der Tod und ich, wir zwei* (1996) und der zuletzt erschienene Roman *Ein hinreissender Schrotthändler* (siehe *Falter* 28/99) – beweist Stadler nicht nur seinen Instinkt für eingängige Buchtitel, sondern auch seine Meisterschaft, wenn es darum geht, den Verlust von Kindheit oder »Heimat« in einer Sprache festzuhalten, die den

Klischees einer affirmativen Heimatliteratur ebenso fern steht wie der wütenden Distanzierungs- und Denunziationsrhetorik der sogenannten »negativen« Heimatliteratur. Bei aller Melancholie, mit der hier der Tod von Mensch, Tier und Lebenswelt beschrieben wird, ist das Klangspektrum des »Stadler-Tons« doch auch breit genug, um eine lakonische Ironie und einen Humor miteinzuschließen, der verhindert, daß die Fortschrittsskepsis und Zivilisationskritik, die der Erzähler dieser »Trottel vom Land« (*Ich war einmal*) artikuliert, je in wohlfeile Vergangenheitsverklärung umschlägt. Andererseits hält Stadler in seinen Büchern auch mit sanfter Sturheit an jenem Zitat aus *Faust II* fest, das *Mein Hund, meine Sau, mein Leben* vorangestellt ist, aber über dem Gesamtwerk des fünfundvierzigjährigen Autors stehen könnte: »Vorbei – ein dummes Wort«.

Falter: *Herr Stadler, Sie wissen schon, daß Sie uns Österreicher ein bißchen gekränkt haben?*
Arnold Stadler: Warum?
Einerseits haben wir uns schon fast daran gewöhnt, daß der Büchner-Preis nach Österreich geht, andererseits sind Sie, just bevor Sie den Preis zugesprochen bekommen haben, vom Salzburger Residenz Verlag nach Köln zu DuMont gewechselt.
Ich wurde ja in Deutschland immer für einen Österreicher gehalten.
Und deswegen kriegen Sie jetzt den Büchner-Preis?
Den bekommt man jedenfalls für ein Gesamtwerk, und da die meisten meiner Bücher beim Residenz erschienen sind, wird auch dieser Verlag mit ausgezeichnet.
Wie sind Sie denn zu Residenz gekommen?
Mein erstes Manuskript – ich war dreißig und hatte, abgesehen

von einem Leserbrief, noch keine Zeile veröffentlicht – lag wie Blei bei Suhrkamp und bei Luchterhand. Als mir das zu lang dauerte, habe ich es an Residenz geschickt, weil dort meine Lieblingsbücher erschienen sind.

Welche?

Handkes *Wunschloses Unglück*, *Schöne Tage* von Franz Innerhofer und die besten Bücher von Thomas Bernhard – die autobiographischen Werke. Wohingegen die *Auslöschung* nur ein Aufwasch und Bernhards schlechtestes Buch ist. Die schlechteren Bücher beginnen mit »Holzfällen«.

Warum ist es trotz dieser erfreulichen Nachbarschaft zum Verlagswechsel gekommen?

Weil mir für den *Hinreissenden Schrotthändler* Bedingungen angeboten wurden, bei denen ein normaler Mensch nicht nein sagen kann und weil es sich beim DuMont Buchverlag um einen sehr guten Verlag handelt.

Sie sind derzeit permanent auf Lesereisen. Eine Folge des Büchner-Preises?

Es ist schon ein gewaltiger Unterschied von »vorher« und »nachher«, wenngleich ich auch davor gelesen habe. Bis Weihnachten habe ich noch siebenundvierzig Lesungen.

Wenn man Ihre Bücher liest, würde man eher annehmen, daß Sie ein ruraler, scheuer und zurückgezogener Mensch sind. Dabei haben Sie sogar ein Handy.

Sie haben das gesehen? Das ist mir aber sehr peinlich.

Ich nehme an, für das Preisgeld werden Sie sich auch noch einen Geländewagen kaufen.

Nein. Was ich mir kaufe, ist ein Haus in Frankreich, am Atlantik. Allerdings nicht von dem Büchner-Preis, denn da habe ich die Hälfte schon an eine Freundin verschenkt, die für die Sa-

nierung des Oberkiefers eine Rechnung von siebenundvierzigtausend Mark bekommen hat. Im übrigen verkauft sich auch das Buch sehr gut. Zum ersten Mal seit meiner Jugendzeit, als es mir auch schon mal gutging, habe ich Geld.
Bis vor kurzem sind Sie auch noch Stadtschreiber von Bergen-Enkheim bei Frankfurt gewesen …
Das bleibt man. So, wie wenn man mal Papst war: »semel papa, semper papa«.
Ihr Jugendwunsch, Papst zu werden, ist aber doch nicht in Erfüllung gegangen.
Ich bin froh, daß ich nicht Priester, Kardinal oder Papst geworden bin. Wenn man sich diesen heutigen Papst und seine reaktionären Reaktionen auf die Welt ansieht, ist das haarsträubend. Da gehören natürlich auch die entsprechenden Leute dazu, die das mitmachen – die ganze Kirche kuscht. Und wie zu den Zeiten Luthers muß das natürlich finanziert werden durch …
Ablaßhandel?
Die Kirchensteuer ist eine Art Ablaßhandel.
Einem Ihrer Icherzähler haben Sie in den Mund gelegt, daß Luther der größte deutsche Verbrecher vor Adolf Hitler war.
Habe ich das? Mein Icherzähler ist nicht unbedingt mein Pressesprecher, und was Luther angeht, habe ich mich auch etwas beruhigt. An seine Stelle ist jetzt Calvin getreten. Luther ist ein ganz großer Sprachkünstler, aber man kann ihn nicht nur danach beurteilen. Die Folgen von Luther waren für die Geschichte verheerend. Und so wie mein Verwandter Abraham a Sancta Clara …
Der ist mit Ihnen verwandt?
Er kommt aus demselben Dreihundertseelendorf wie meine

Großmutter. Aufgrund der fehlenden Fluktuation und des kleinen Kreises an Teilnehmern am Geschlechtsverkehr bin ich natürlich mit ihm verwandt.

In einer Rezension der FAZ *ist zu lesen, daß das Katholische der Schlüssel zum Werk von Arnold Stadler ist. Sehen Sie das auch so?*

Der Schlüssel zu meinem Werk ist die Tatsache, daß ich auf der Welt bin, daß ich Sehen und Hören kann. Daß mein Personal weitgehend katholisch ist, ist ein Zufall und hängt damit zusammen, daß ich über meine erste Welt schreibe.

Daß Sie in Rom Theologie studiert haben, stimmt aber schon?

Ja. In Rom habe ich den Faden beziehungsweise den Glauben verloren und bin fromm, ungläubig und dick zurückgekehrt. Das Seminar hatte einen eigenen Weinberg bei Frascati, und wir haben ziemlich viel gegessen und getrunken. Es gibt ja den Satz »Essen ist der Sex des Alters«, und ich habe schon als Junger gefressen, statt Sex zu haben.

Bei Kieseritzky gibt es eine Stelle, wo es über ein Ehepaar in etwa heißt: »Damals hatten sie guten Sex, interessierten sich also noch nicht für gutes Essen ...«

Das stimmt.

Bei Ihnen gibt's auch viele trostlose Ehen.

Ich war nur vier Jahre verheiratet und nicht zwanzig wie meine Hauptfiguren im »Schrotthändler«. Ich kann aber in etwa hochrechnen, wie das nach zwanzig Jahren sein muß, oder kann.

Sie haben gerade Psalmen übersetzt, »Zeugnisse der Weltliteratur«, wie Sie im Nachwort schreiben. Als Jemand, der lange in die Kirche gegangen ist, kann ich das nicht einfach als »Literatur« rezipieren.

Müssen Sie doch auch nicht. In welche Kirche sind Sie denn gegangen?

In die evangelische.
Da gibt's eine schöne, im ersten Bezirk – beim Bräunerhof ums Eck.
In der Dorotheergasse.
Ja, genau. Ich bin mit den Psalmen aufgewachsen, wußte bloß nicht, daß es Psalmen waren. Und da ist mir zum ersten Mal die Schönheit von Sprache aufgegangen – in der Kirche, auf Lateinisch.
Apropos Christentum: Daß Ihre Geschichten Passionsgeschichten sind, wird man ja wohl behaupten dürfen.
Eine einzige Passionsgeschichte! Und zwar so sehr, daß man die einzelnen Bücher gar nicht voneinander trennen kann. Aber es ist eine sehr merkwürdige, sehr individuelle Passionsgeschichte, wo sich alles, vielleicht nicht im Tod, aber im Gelächter auflöst.
Durch den Humor und die ironische Lakonie unterscheiden sich Ihre Werke ja auch auffällig von thematisch ähnlichen Büchern mancher österreichischer Kollegen.
Thomas Bernhard war insofern humorlos, als er sich selbst ausgenommen hat. Der …

(Stadlers Verlagskollege, der französische Kultautor Michel Houellebecq, betritt die Koje, sucht sein Glas, findet es nicht und verschwindet wieder.)

Der ist ja völlig unscheinbar. Er würde wunderbar in eine Wiener Straßenbahn hineinpassen. Der würde nicht auffallen. Wo waren wir?
Bei Thomas Bernhard.
Ja. Der war ein Abrechnungskünstler und schamlos in seinem Zugriff auf andere.

Wenn wir schon bei der so genannten »negativen Heimatliteratur« sind: »Heimat« ist doch ein konstanter Referenzpunkt Ihrer Bücher?

Meine Bücher spielen in einer Gegend, die man mit Heimat verwechselt, weil s' auf dem Land spielen. Tatsächlich geht es um Heimatlosigkeit.

Neben der »Heimat« gibt es noch zwei Begriffe, die ganz wichtig und eng miteinander verbunden sind: den Schmerz und die Erinnerung. Versuchen Sie beim Schreiben dem Schmerz zu folgen?

Es gibt verschiedene Schreibhilfen oder Musen. Dazu gehört natürlich der Schmerz – und die Erinnerung. Das sind die Hauptmusen.

Dazu gehört wohl auch der Schmerz über den Verlust der Kindheit?

Ich persönlich kann mich sehr gut daran erinnern, daß ich mein erstes Leben verloren habe, als ich erwachsen wurde. Das war eine Zumutung. Diesen Zustand, daß ich weiß: Jetzt ist etwas zu Ende, hatte ich seitdem nie wieder.

War der an ein bestimmtes Ereignis geknüpft?

Das hängt mit dem ersten Toten meines Lebens zusammen: Die Welt war nicht mehr vollständig. Und das hat mich schließlich zum Schreiben gedrängt.

Bei Ihren Büchern, so las ich in einer Rezension, handle es sich um »die Geschichte einer schwierigen Jugend«. Wie schwierig ist sie denn wirklich?

Die ist nur so schwierig, wie das Leben überhaupt eine Schwierigkeit darstellt. Die Beschreibung der Jugend in der Literatur ist ja meist eine ex post: Man schreibt über etwas, was es nicht mehr gibt. Daß da auch elegische Sätze sein müssen, ist klar.

Eine Jugend, die es nicht mehr gibt und die es so wohl auch nie gegeben hat.

Ja, es ist geradezu eine Fiktion. Im nachhinein finde ich es ungeheuerlich, daß ich überhaupt schreibe und in diese Ichform gefunden habe, was ja sehr nahe legt, meine Literatur nur als persönliches Bekenntnis mißzuverstehen.

Kann man denn an die eigene Kindheit anknüpfen, ohne infantil zu werden oder einer nostalgischen Selbstmusealisierung zu verfallen?

Wenn man nicht wirklich etwas erlebt hat, führt der Versuch, bloß wiederzugeben, was war, zum Kitsch. Und wenn man eigentlich eine Kindheit nur zwischen Kuhstall und Fahrt zur Schule erlebt hat, muß man das nicht erzählen – das is nix. Mir geht's also schon um das Wie der Darstellung, um Literatur, und nicht darum, etwas ganz Unbedeutendes aufzuschreiben, nur, damit es nicht verlorengeht. Das wäre bloß geistige Buchhalterei.

In »Ich war einmal« wird öfter darauf hingewiesen, daß man sich's ja nicht aussuchen kann.

Banal und wahr.

Ist »Heimat« auch so etwas, was man sich nicht aussuchen kann?

Ich schreibe gerade an der Büchner-Preis-Rede, und da komme ich auch darauf zu sprechen, daß Heimat nur noch in Verbindung mit »Heimatfriedhof« möglich ist.

In Ihrem jüngsten Roman scheitert die Ehe der Protagonisten ganz wesentlich auch daran, daß der Mann es überhaupt nicht schafft, seiner Frau etwas von seiner Herkunft zu vermitteln. Sie akzeptiert nicht einmal die Worte, die ihm zur Verfügung stehen.

Da sehen Sie, daß man nicht sagen kann, was Heimat ist. Man kann es nur abgrenzen und muß sich auch von der unguten Tradition der so genannten Heimatliteratur abgrenzen.

Aber es gibt schon immer wieder emphatisch aufgeladene Momente: die Apfelsorte »Geflammter Kardinal« zum Beispiel, die dann, wie Sie schreiben, durch den grauslichen »Golden Delicious« ersetzt wurde.

Gibt's den auch in Österreich?

Leider.

Fürchterlich! Das ist gar nix. Eigentlich ein Grund, sich vom Apfel zu verabschieden.

Welche Sorten bevorzugen Sie denn?

Gravensteiner. Auch Boskop esse ich gerne. Ich habe auch noch einen Obstgarten mit alten Bäumen hinterm Haus.

Und die Sprachsorten? Können Sie noch Meßkircherisch und Kreenheinstetterisch?

Ja. Ich höre das sofort, ob jemand aus Meßkirch oder aus dem sieben Kilometer entfernten Kreenheinstetten oder aus meinem Dorf, aus Rast, kommt.

Die Oberschwäbische Seele aus dem »Schrotthändler« ist auch so ein Stück Heimat. Gibt's die, oder haben Sie die erfunden?

Nein, nein – die gibt's. Und der Erzähler fährt eigentlich nach zwanzig Jahren deswegen wieder in sein Dorf zurück, weil er eine Oberschwäbische Seele essen will, ein Speck-Salz-Gebäck.

Und das hat tatsächlich diese Form?

Ja. Niemand konnte mir sagen, wo das herkommt. Es sieht jedenfalls aus wie ein erigiertes Glied.

Und das ist für jeden offensichtlich?

Für die Einheimischen nicht. Für die ist selbstverständlich, daß das eine Seele ist. Ich glaube, es heißt so, weil es das Gegenteil einer Seele ist.

Die Österreicher leiden immer, wenn es keine gscheiten Semmeln oder kein vernünftiges Schwarzbrot gibt.

Gerade in Baden, einem früheren Großherzogtum am Rhein und an der Grenze zur Schweiz und zu Frankreich, gibt es eine sehr gute Küche und gutes Brot. Sofern nicht alles schon von Backwarenketten überzogen ist.
Die Brezelbuden, an denen es ständig frische Brezeln gibt, sind doch ganz angenehm.
Das lehne ich ganz ab!
Wieso das?
Die Brezel ist ja mit das Beste, was es gibt. Nur kriegen Sie die kaum, und schon gar nicht in diesen Brezelbuden am Hauptbahnhof, wo tiefgekühlte Brezeln aufgebacken werden. Das ist ein Ärgernis, aber keine Brezel!
Selbst wenn die frisch aus dem Rohr kommt?
Die soll man sowieso nicht warm essen. Die müssen schon etwas zu sich selbst gekommen sein.

FAZ-Fragebogen

Was ist für Sie das größte Unglück? Der sinnlose Schmerz.

Wo möchten Sie leben? Westlich von mir.

Was ist für Sie das vollkommene irdische Glück? Die französische Romanik, Burgunder.

Welche Fehler entschuldigen Sie am ehesten? Die bereuten.

Ihre liebsten Romanhelden? Das »Ich« in »Wunschloses Unglück« (Peter Handke), Joseph Day in »Moira« (Julien Green); Meßmer in »Meßmers Gedanken« (Martin Walser).

Ihre Lieblingsgestalt in der Geschichte? Friedrich (von) Spee.

Ihre Lieblingsheldinnen in der Wirklichkeit? Christine Sennewald.

Ihre Lieblingsheldinnen in der Dichtung? Vrenchen in »Romeo und Julia auf dem Dorf« (Keller).

Ihre Lieblingsmaler? Mark Tobey, Mark Rothko, Zoran Music, Meister von Meßkirch, die byzantinischen und karolingischen Buchmaler.

Ihr Lieblingskomponist? J. S. Bach, der späte Beethoven, Schumann.

Welche Eigenschaften schätzen Sie bei einem Mann am meisten? Klarheit.

Welche Eigenschaften schätzen Sie bei einer Frau am meisten? Anmut und Autonomie.

Ihre Lieblingstugend? Freundschaft.

Ihre Lieblingsbeschäftigung? Hören und Sehen, Essen und Trinken, Lieben.

Wer oder was hätten Sie sein mögen? Schutzengel.

Ihr Hauptcharakterzug? Unsicherheit?

Was schätzen Sie bei Ihren Freunden am meisten? Daß sie da sind.

Ihr größter Fehler? Daß ich nicht ans Meer gezogen bin.

Ihr Traum vom Glück? Versöhnung von Himmel und Erde; dieser Fragebogen.

Was wäre für Sie das größte Unglück? Wenn das, woran ich glaube, nichtig wäre.

Was möchten Sie sein? Kein Unmensch.

Ihre Lieblingsfarbe? Kornblumenblau.

Ihre Lieblingsblume? Ginsterfelder, Rosenhecken.

Ihr Lieblingsvogel? Amsel.

Ihr Lieblingsschriftsteller? Hamsun, J. Green, Hebel, Genet, Stifter.

Ihr Lieblingslyriker? Hölderlin, Brecht, Benn, Goethe, Kavafis, Yunus Emre, C. F. Meyer.

Ihre Helden in der Wirklichkeit? Altenpfleger.

Ihre Heldinnen in der Geschichte? Jeanne d'Arc.

Ihr Lieblingsname? Eros Ramazotti, Lioba, Dolores, Carmen.

Was verabscheuen Sie am meisten? Staatlich verordnetes Töten: »Todesstrafe«, das »Ausradieren«, den »Tierversuch«.

Welche geschichtlichen Gestalten verachten Sie am meisten? Mengele, Freisler, Hilde Benjamin.

Welche militärischen Leistungen bewundern Sie am meisten? Bisher keine.

Welche Reform bewundern Sie am meisten? Code Civil (C. Napoléon).

Welche natürliche Gabe möchten Sie besitzen? Suaviter in modo.

Wie möchten Sie sterben? Bei Bewußtsein und »wohlvorbereitet«.

Ihre gegenwärtige Geistesverfassung? Dum spiro spero (solange ich atme, hoffe ich).

Ihr Motto? Man muß beim Bauen auch ans Abreißen denken. (Von einem weisen, vielleicht auch schlampigen Baumeister aus meinem Dorf, der sich mit diesem Satz für alles entschuldigte.)

V. NACHWORT

Arnold Stadler oder Das übermütig vertuschte Unglück

Peter Hamm

Eigentlich ist nichts zum Lachen. Eigentlich ist alles zum Lachen. Zwei Sätze, die nur scheinbar Gegensätze sind, haben sie doch dieselbe Herkunft, nämlich aus der Verzweiflung. Notwehr gegen die Verzweiflung, wie Kunst sie seit jeher leistet, kann in eine Komik münden, der man ihre Herkunft kaum mehr ansieht. So meinte Stendhal bei der Lektüre des *Don Quijote,* er müsse »sterben vor Lachen«, für Dostojewskij aber, der sich vom eigenen Lachen nicht täuschen ließ, war derselbe *Don Quijote* »das traurigste aller Bücher, die menschlicher Geist je hervorbrachte«, ein Buch, geeignet für die Mitnahme zum Tag des Jüngsten Gerichts. Daß jede Hoffnung, der Verzweiflung dauerhaft Widerpart bieten zu können, bestraft wird, spätestens vom Tod, diese Gewißheit hat Arnold Stadler nicht nur die Wortfügung »Hoffnungsschmerz« eingegeben, sondern auch einen Satz wie diesen: »Ich war schon ganz verzweifelt, weil ich immer noch so viel Hoffnung hatte«.
Arnold Stadlers Bücher sind zum Lachen. Aber das Lachen, das sie auslösen, enthält meist schon sein eigenes Dementi. Diese Bücher, deren Protagonisten die Welt unter einem Don-Quijote-Blickwinkel und öfter noch unter einem Sancho-Pansa-Blickwinkel wahrnehmen und denen das Leben immer zugleich zu wenig und zu viel ist, sind urkomisch und zugleich todtraurig. »Unglück«*:* so lautete das allererste Wort der Rede, mit der Arnold Stadler sich 1998 als neues Mitglied der Deut-

schen Akademie für Sprache und Dichtung vorstellte; im Unglück gründen seine Bücher, Unglück ist ihr Nährboden, »Es gab«, wie es im Stadler-Roman *Feuerland* heißt, »nur frühere und spätere Katastrophen«.

Samuel Beckett hat einmal geäußert, nichts sei komischer als das Unglück. Die Unglücklichen selbst finden sich allerdings kaum komisch, sie schämen sich vielmehr ihres Unglücks und vermehren es noch, indem sie es zu vertuschen versuchen. Es sind aber gerade diese Vertuschungsversuche, die das Unglück komisch erscheinen lassen. Vom »vertuschten Unglück« ist oft die Rede in Arnold Stadlers Büchern; einer seiner Ich-Erzähler bekennt sogar: »Ich selbst rechnete mich zum Segment *vertuschtes Unglück*«. Doch diese Bücher zeigen zugleich auch, daß das erzählende Ich selbst in der Lage ist – und zwar eben nur durch das Medium des Erzählens und nur für die Dauer des Erzählens in der Lage ist –, der Komik des eigenen vertuschten Unglücks gewahr zu werden und dieses dadurch zumindest zu mildern. Solche Schmerzminimalisierung mittels Erzählen kann bei Stadler in einem Erzählton erfolgen, bei dem Unglück von Übermut fast nicht unterscheidbar ist; so etwa wie einer, dessen Unglück in seinem Alleinsein liegt, davon so erzählt: »Im Supermarkt kaufe ich zwei Schnitzel, um zu vertuschen, daß ich allein am Tisch sitze; und auch mir selbst gegenüber vertusche ich es, indem ich beide Schnitzel esse.« Dem Unglück mit Übermut begegnen! So könnte geradezu ein Paragraph des Stadlerschen Schreibgesetzes lauten. Und wem fällt dabei nicht Robert Walser ein, der dieses Verfahren so virtuos wie keiner vor oder nach ihm praktizierte. Als Robert Walsers Kunst der »Vernünftigsprechung von Übeln« hat sein Namensvetter Martin Walser diesen Übermut gerühmt; Robert Walser habe es verstanden – so Martin Walser –, das Schlimmste stets als das für ihn Beste auszugeben, »denn vom Schlimmsten aus schaut man nur noch dem Besseren entgegen«. Solche Vernünftigsprechung von Übeln betreibt auch Arnold Stadler, dem frühes katholisches Training dabei zugute kommt. Am übermütigsten zeigt sich das vielleicht in dem pseudotheologischen Traktat vom Haifisch als Gottesbeweis, der im Roman *Feuerland* zu der erstaunlichen Erkenntnis führt: »Daß du gefressen wirst, offenbart, daß es etwas Höheres gibt als dich«.

Wie schwer Arnold Stadlers Übermut erkauft wurde und wie leicht Stadler schon sehr früh hätte von Verhältnissen aufgefressen werden können, deren Fatalität in seiner Umgebung gern als Vorbedingung eines Höheren – einer jenseitigen Glückseligkeit – verklärt wurde, zeigt ein Blick dorthin, wohin auch alle Stadlerschen Ich-Erzähler immer wieder zwanghaft zurückblicken, nämlich in das »Hinterland des Schmerzes«, wie Stadler jenes oberschwäbische Hochland zwischen Donau und Bodensee benannt hat, wo er seine Kindheit und Jugend erlebte und erlitt und darüber zum Dichter wurde. *Dichter wird man als Kind.*

Dieses Kindheitsgelände ist kein Wein-, sondern ein Most- und Schnapsland, das allen Glanz und Reichtum in seinen Barockkirchen, Barockklöstern und Barockschlössern hortet. Doch hat der herrschende Katholizismus den Menschen hier kein barockes Lebensgefühl beschert, er wirkt vielmehr wie angesteckt vom schwäbischen Pietismus und dessen als Überordentlichkeit maskierter Angst, die hinter jedem Verlangen nach Schönheit Hoffart wittert. In diesem Ora-et-labora-Land wurde Arnold Stadler als – wie er sich selbst bezeichnet – Nachkomme einer »bedeutenden Ferkeldynastie« 1954 geboren und hier wuchs er in der Nähe von Meßkirch auf einem Hof auf, der seit 1609

in der Familie war, dessen Zwangsversteigerung er aber später mitansehen mußte.
Arnold Stadler erstes, 1989 erschienenes Buch trägt den Titel *Ich war einmal*, ein Titel, der ein trauriges Märchen signalisiert, einen »Nachruf zu Lebzeiten«. Dieses Debütbuch, das weithin noch bittere, manchmal bitterböse, dann aber doch auch wieder begütigende Beschwörung einer Kindheit ist und das Klage und Komik noch nicht so übermütig wie später in eines zwingt, zeigt das Kindheitsgelände als nahezu lichtlos, die Heimat als fundamentale Heimatlosigkeit. »Unsere Heimat war immer schwarz, auch im Sommer«, schreibt der junge Autor, dem der Leser aber sofort glaubt, daß er Schwarz nicht als Modefarbe trägt. »Das Frühjahr war so spät bei uns, daß es immer erst im nächsten Jahr blühte«: dieser Satz stammt aus einem späteren Stadler-Buch, aber er kennzeichnet genau die poetische Frequenz, auf die Stadlers unglückliches Bewußtsein in diesem Erstling gestimmt ist.
Die Erwartung dieses Kindes ist generell zu groß für jede Art von Erfüllung, es wird ihm, auch wenn es einmal kein Kind mehr ist, immer zu spät blühen. Aber eben darum wird sich auch der Erwachsene immer seine Kindlichkeit – also die Voraussetzung für jedes Künstlertum – bewahren. Natürlich wächst die Erwartung des Kindes deshalb so ins Extreme, weil die Realität, der es sich ausgesetzt sieht, so extrem eng und angstbesetzt ist, drückt sich Liebe hier doch vorzugsweise in der Form der Bestrafung aus und wird Ohnmacht in Selbsthaß kanalisiert, der wiederum Suizidwünsche begünstigt; das Stadlersche Kind beneidet jene Erwachsenen, die es schafften, ihrem Leben selbst ein Ende zu machen. »Ich liebe Schläge, wenn sie von oben kommen, wurde mir eingeredet«: so erinnert sich

der erwachsene Erzähler. Da ist es nicht verwunderlich, daß das Kind, das er einmal war, ganz ähnlich wie vor über zweihundert Jahren schon das Kind *Anton Reiser*, dem die aus seiner Enge erwachsenen »Leiden der Einbildungskraft« ebenfalls die Kindheit schwärzten und der lieber als Tier fortzuleben wünschte, Wärme im Animalischen sucht, bei den Tieren. Selbst noch der Gymnasiast, der täglich in »die Stadt« fährt, »wie Meßkirch in Meßkirch heißt«, wäre lieber bei seinen Schweinen auf dem elterlichen Hof als bei seinen Mitschülern. Die Tiere gehören im Titel des dritten Stadler-Buches *Mein Hund, meine Sau, mein Leben* dann gewissermaßen zur Identitätsausstattung dieses Autors.
Wie entsetzlich eng sich Lebensgeschichtliches und Geschichtliches in dieser Kindheit durchdringen, in der die Erwachsenen die Jahre nach 1945 meinen, wenn sie von den »schlimmen Jahren« reden, erhellt Arnold Stadler mit der Nennung eines einzigen Namens, dem Namen jenes Landmaschinen-Herstellers, der auf allen Maschinen und Wagen prangt, mit denen das Bauernkind täglich zu tun hat: *Mengele*. Dieser fluchbeladene Name drängt sich in jedes Stadler-Buch, und er fiel übrigens auch bereits im dritten Satz jener eingangs erwähnten Akademie-Vorstellungsrede Stadlers, in der er an die Polen und Russen erinnerte, die wenige Jahre vor ihm auf den Feldern gearbeitet hatten, wo sie dann durch Mengele-Maschinen ersetzt wurden.
Jede Enge provoziert Fluchtträume. Der »liebste Aufenthaltsort« des Kindes ist, wie der *Ich war einmal*-Erzähler verrät, der Atlas, in dem sich auch jenes »Feuerland« findet, wohin so viele Verwandte, die nur noch in den Erinnerungen der Erwachsenen existieren, ausgewandert sind; der Erzähler des zweiten

Stadler-Romans *Feuerland* wird ihren Spuren nachgehen, dabei aber stets wieder auf die eigene Herkunftsenge zurückverwiesen werden. Aus dieser Welt, aus der zu seiner Kinderzeit allenfalls Wallfahrten oder Kirchenchorausflüge hinausführten, führen freilich auch die frommen Träume hinaus, die Erlösungsträume. Das Kind will, um das Entfernteste, also das Schönste, also den Himmel zu erobern, ein Heiliger werden – und es will, da es sich selbst so unerlöst fühlt, die ganze Welt erlösen. Doch dazu muß es diese erst zum rechten Glauben bekehren. Anton Reiser, der Protestant, wollte nur »ein großer Prediger« werden, dieses katholische Kind aber will Papst werden. Noch der Halbwüchsige wird Mao Tse Tung bekehren wollen, was allerdings schon daran scheitert, daß die Mao-Bibel, die es zu widerlegen gilt, in Meßkirchs Buchhandlung nicht zu bekommen ist.

Später, wenn das *Ich war einmal*-Kind schon keines mehr ist, wird es von seinem Helfer- und Erlösersyndrom dennoch nicht loskommen und sich im Kibbuz, bei der Kriegsgräberfürsorge, der Bahnhofsmission oder der Gesellschaft zur Errettung Schiffbrüchiger zu verdingen suchen (wobei letzteres für einen Nichtschwimmer besonders übermütig wirkt). Und noch später – jetzt sind wir bereits im dritten Stadler-Roman *Mein Hund, meine Sau, mein Leben* (und zwar in dem »Don Quijote und ich« überschriebenen Kapitel) – wird der kindlich gebliebene junge Mann, der inzwischen Theologie am Päpstlichen Kollegium in Rom studiert, sich aber dennoch unerlöst fühlt, seine Rettung noch immer im Erretten suchen; nun will er die alleinseligmachende Kirche vor der englischen Königin, der Papula – der Gegenpäpstin – retten, indem er diese zur Ablegung des ihr einst zwar von Rom verliehenen, aber längst aberkannten Titels »Defenso fidei« zu zwingen versucht. Zu diesem frommen Zwecke plant er als Knappe des »armen Schweins« Franz Sales Obernosterer, womit ein seinem ebenso schwachen wie fetten Fleisch hilflos ausgelieferter Titularbischof und Satanologe gemeint ist, die Entführung der Königin von ihrem schottischen Sommersitz; ein Unternehmen, das naturgemäß zum Scheitern verurteilt ist, wiewohl es pedantisch genau vorbereitet wurde, unter anderem mit der Beschaffung preisgünstiger Schnurrollen bei Raiffeisen in Meßkirch (in Rom findet man als Fesselmaterial offenbar bloß Schund).

In Rom aber findet dieser wegen angeblicher Epilepsie-Neigung für untauglich befundene Theologe schließlich zur Erkenntnis, daß er selbst es ist, der seiner Errettung und Erlösung im Wege steht: »Ich sah, daß ich, um mich zu retten, weg von mir mußte, daß ich mich verlassen mußte, weg von einem Menschen wie mir. Ich habe es versucht.« Daß dieser Versuch nicht als Suizid endet, verdankt das ewige Kind sicher auch der Entdeckung des Erzählens, der Entdeckung der *Schrift*, die auch dann *Heilige Schrift* ist, wenn sie keinen Erlöser transportiert, sondern nur das – für Augenblicke – erlösende Lachen.

»Die Komik«, hat Flaubert gesagt, »ist der einzige Trost der Tugend; es gibt übrigens eine Art sie aufzufassen, die hohe Kunst ist«. Nun ist aber auch diese hohe Kunst, in die Stadler sich gerettet hat, eine Form vertuschten Unglücks – und nicht nur im existentiellen Sinne. Vertuscht werden soll auch jedes Unglück, das für den Schriftsteller darin liegt, daß er sein Eigentliches – also eben das Unglück, das einmal sein Schreiben erzwang – nicht eigentlich, nicht auf eigentliche Weise, das heißt, nicht unmittelbar sagen kann, will er nicht jenem *Jargon der Eigentlichkeit* verfallen, bei dem jener Denker landete, dem das erlösende Lachen so völlig versagt blieb, und der, weil er aus derselben Gegend wie Stadler stammt, durch alle Stadler-Bücher gespenstert: Martin Heidegger.

Schon im Roman *Ich war einmal* erlebt der fünfzehnjährige Gymnasiast in der Meßkircher Stadthalle die Feier von Heideggers achtzigsten Geburtstag, bei der der Jubilar »mit einer Stimme wie rohe Eier ... selbst von der Heimat auf Hochdeutsch zu den anwesenden Landsleuten« spricht, was dem Halbwüchsigen, der Hochdeutsch nur als Befehlssprache kennt, unangenehm auffällt. Verwandter von Heidegger zu sein, ist das Höchste, was man damals in Meßkirch außerhalb des Skiclubs sein kann, vermeldet Stadler und erklärt sich übermütig selbst zum Verwandten des »größten Denkers seit Plato«, ein Werturteil, das allerdings dadurch stark relativiert wird, daß Stadler es als Zitat aus der *Bunten* anführt – und es überdies noch einem angereisten japanischen Heidegger-Verehrer in den Mund legt, was sich dann anhört: »Del glößte Denkel seit Plato«.

Verwandt ist mit Heidegger auch der Viehhändler Naze, von dem es heißt: »Die Leute wußten, daß er mit Heidegger verwandt war, und er galt deshalb als gescheit, obwohl er schon vor Jahren mit dem Sprechen aufgehört hatte.« Dieser Viehhändler ist von seinem Philosophen-Vetter beauftragt, in den Höfen, auf die er kommt, alte, seltene Worte zu sammeln, wie sie vor allem Mägde und Knechte noch kennen, jene Wörter, mit denen der Philosoph, der aufs Land immer nur zu Besuch kommt, seine Idee vom gesunden Land und vom gesunden Landvolk zu bekräftigen sucht. Der Bauernsohn Stadler aber weiß es – im Roman *Mein Hund, meine Sau, mein Leben* – besser: »Im Gegensatz zu mir sagte unser Philosoph ..., wir seien noch gesund, ja die gesündesten überhaupt, angefangen mit der Sprache! Unserer Muttersprache! Aber war sie nicht schon so schwach, daß sie bald nach der ersten Begegnung mit dem Fernsehen und seinem hochdeutschen Gepränge in sich zusammenfiel und ausgestorben ist wie die Indianer? Sie, wir, ich: wir waren krank, selbst unsere Tiere, unser Gras und Getreide: krank. Unsere Lebewesen, unsere Schweine, neigten zum Herzinfarkt aus Angst, den Transport ins Schlachthaus nicht zu überstehen, die Hühner saßen mit ihren Depressionen in ihren Käfigen und sollten auch noch Eier legen, bis zum Tag, da sie zum Suppenhuhn verarbeitet wurden. Ich war krank. Wie oft mußte die Krankenschwester ins Haus kommen!«

Der Ich-Erzähler aus *Mein Hund, meine Sau, mein Leben*, der sich schon pränatal zur Krankheit zum Tode verurteilt sieht und deshalb seine Mutter wissen läßt: »Ich hätte mich für Wegmachen entschieden, wenn ich etwas hätte sagen können«, er, der die Muttersprache als seine »erste Fremdsprache« empfindet, wehrt sich gegen die unfreiwilligen Kalauer der Heideggerschen Gesundbeterei mit durchaus freiwilligen Kalauern; dabei wird etwa das beschämendste seiner Kinderleiden im hehrsten Heidegger-Ton zum »In-die-Hose-Machen als meinem In-der-Welt-Sein«. Stadler setzt da eine Tradition der Heidegger-Parodie fort, die von Oskar Maria Graf (»Unser Dialekt und der Existentialismus«) bis zu Thomas Bernhard und Elfriede Jelinek reicht, und bekennt sich implizit zur literarischen Tradition jener Autoren, die von Heidegger – nach einem Wort Robert Minders – »mit dem gelben Stern der Seinsentfremdung behaftet« wurden.

Während der einstige Priesterzögling Heidegger auch als Häretiker das Sakralisieren sprachlich nicht lassen kann, bildet der ehemalige Priesteranwärter Stadler den Gegenton aus, jenen Ton, den Jean Paul als das »umgekehrte Erhabene« apostrophiert hat, Jean Paul, mit dem Arnold Stadler so vieles, vor allem aber dessen »Fuchswitterung« für die komische Kehrseite aller Dinge gemein hat. Am entschiedensten bezieht Stadler Gegenposition zu jenem Heidegger, »der sich« – wie Stadler es in seinem Essay zu J. P. Hebels Gedicht *Vergänglichkeit* formuliert – »Hebel zeitlebens als ›Hausfreund‹ gehalten hat«, und der dabei – füge ich hinzu – aus dem erasmischen Hebel, dessen Heimat die Welt war, einen in tiefbrauner alemannischer Scholle wurzelnden Heimat-Hebel modelte, mit dem er – so wieder Stadler – »ausgewählte Bäuerinnen von Todtnauberg an seinen Geburtstagen quälte, als Belohnung dafür, daß sie zu Fuß zur Hütte hinaufgestiegen waren und ihre Gaben Frau Elfriede übergeben hatten: ein Gelege frischer Eier aus dem Ursprungsgebiet der Sprache oder einen blütenschweren Todtnauberger Schleuderhonig«. Das »umgekehrte Erhabene« in Stadlers Ausformung ist nicht zu verwechseln mit Satire – Satire, die immer allzu gut zu wissen glaubt, was das Gute und was das Schlechte ist und die vom Podest einer Überlegenheit herab urteilt, die Stadler nicht einmal fingieren könnte. Bei ihm kommt alles aus der Unterlegenheit – aus der Überlegenheit der Unterlegenheit, hätte Robert Walser wohl gesagt –, und wenn Stadler urteilt oder gar – selten genug – verurteilt, dann erschüttert und untergräbt solches Urteilen oder Verurteilen zuerst einmal die eigene Position; fragwürdig wird er zuerst sich selbst, so wie er sich selbst zuerst komisch wird. »Ich hätte mir selbst als Gegenbeispiel dienen können«, resümiert Engelbert Hotz, der Ich-Erzähler des vierten Stadler-Romans *Der Tod und ich, wir zwei*, der einen Workshop zum Thema »Wie man sich erfolgreich durchs Leben schlägt« besucht hat und von dessen Leiterin zu hören bekam: »Nur nicht so wie Sie!« Derselbe Engelbert Hotz, der bei einem Auktionshaus in fremden Auftrag ein Cézanne-Bild eingereicht, dieses aber als Fälschung zurückerhalten hat, wittert sofort in sich den Schuldigen: »Vielleicht wurde der Cézanne auch nur deswegen als Fälschung zurückgewiesen, weil ich ihn angeschleppt hatte. Vielleicht war er echt. Vielleicht haben die Experten mich gemeint. Vielleicht haben sie mich mit dem Bild verwechselt.«

Der Satz aus dem Roman *Feuerland*: »Meine Angst war zu einem Witz geworden«, steht für allen Witz, für alle Komik in Stadlers Büchern. Immer kommt diese Komik aus der Angst, aus Identitätsirritationen. Nicht nur Engelbert Hotz, auch fast alle anderen Stadlerischen Ich-Erzähler werden uns bezeichnenderweise als zwergwüchsig vorgeführt. »Ich kam mir so klein vor, daß ich die Empfindung hatte, gar nicht ganz auf der Welt zu sein«, bekennt Engelbert Hotz, der seine Entwicklung als eine »vom Zwerg zur Schießbudenfigur« beschreibt, sich dann aber – und nun kommt wieder Stadlers Übermut ins Spiel – als Nachkomme der berühmten von Velázquez gemalten spanischen Zwergendynastie ausgibt und damit wieder etwas Größe zulegt.

Schon der *Ich war einmal*-Erzähler, den an den Heiligen besonders die Gnade der Bilokalität anzog, d. i. die Gnade, gleichzeitig hier und dort zu sein, mußte gestehen: »Ich war hingegen überall, wo ich war, nur halb, ohne die Gnade der Bilokalität.« Die Empfindung der eigenen Beschränktheit und Nichtswürdigkeit, das Gefühl, nur »eine halbe Portion« zu sein, drückt sich schon in der Namensgebung aus: während das *Ich war einmal*-Kind noch namenlos war, trägt es als junger Mann, der im

Roman *Feuerland* seine patagonischen Verwandten besucht, und auch noch im nächsten Roman den Namen *Schwanz*, ein Name, der zwar durch ein Behördenversehen zustande kam – die Vorfahren hießen noch Schwaz nach dem Tiroler Ort, aus dem sie nach Oberschwaben einwanderten –, dessen vulgäre Verballhornung aber auch anzeigt, wie verachtet sich sein Träger fühlt, wie lächerlich.

Seit neuem ist es sogar statistisch erwiesen, daß die meisten Menschen sich weit mehr vor Lächerlichkeit als vor dem Tod fürchten und deshalb die gesellschaftlichen Spielregeln minutiös einzuhalten versuchen. Witold Gombrowicz, der mit seinem Roman *Ferdydurke* meines Erachtens so etwas wie den *Don Quijote* unseres Jahrhunderts schuf, fand für diese Anpassungsanstrengung die Formel: »Menschsein heißt den Menschen spielen«. Doch für dieses Spiel fühlen sich Stadlers Figuren mit ihrem »zu-hohen-Blutdruck-Gesicht« ihren ständigen Schweißausbrüchen und ihrem Hinterwäldler-Dialekt, den man schon am Bodensee nicht zu verstehen vorgibt, denkbar schlecht ausgerüstet. Selbst bei größter Anpassungsanstrengung fallen sie immer wieder aus der Rolle, wirken entweder erst recht hinterwäldlerisch oder aber hochstaplerisch. »Nur wenn wir unter uns waren, schämten wir uns nicht«, bekennt der zwar in Köln lebende, aber seinem oberschwäbischen Heimatdorf nie wirklich entwachsene Ich-Erzähler des vorläufig letzten Stadler-Romans *Ein hinreissender Schrotthändler*, dessen Titel ja bereits ein schreiender Widerspruch ist. Dieser zum Geschichtslehrer aufgestiegene Gastwirtssohn, der sich seiner Herkunft so schämt, daß er sie im Ausland mit »black forest, Switzerland« umschreibt, fährt einmal zu einer Beerdigung in sein Heimatdorf zurück und wird dort von den meisten Trauer-

gästen mit der in dieser Gegend stereotypen Frage begrüßt: »Bischd au do?« – »Bist du auch da?« –, eine Frage, die eigentlich gar keine ist, aber den Zwang zu ständiger Seinsvergewisserung verrät im Sinne von, »Bist du auch noch da?«
In seinem Roman *Die unsichtbare Loge* schreibt Jean Paul einmal: »Ich habe mit dem Tod geredet, und er hat mir versichert, es gebe weiter nichts als ihn«. Ein Satz wie von Arnold Stadler, in dessen Büchern keine noch so grell ins Burleske gesteigerte Komik verdecken kann, daß der Tod allzeit das Sagen hat. Im *Ich war einmal*-Erstling erlaubt sich Stadler zwar noch Scherze wie den vom Krematorium, das einen »Tag der offenen Tür« hat, oder den vom Leichenwagen, der in eine Radarfalle gerät, oder auch den vom verhinderten Selbstmörder, von dem gesagt wird: »Er hätte sich vor den Zug geworfen, wenn es den Zug noch gäbe«; aber es gibt hier doch schon als erste jener Reihe von Beerdigungen in Stadlers Romanen die Beerdigung der Bäuerin Lisl, bei der – Zeichen für Schönwetter – die Starfighter im Tiefflug über den Friedhof donnern. Und es gibt schon den Tod der geliebten Tiere des Kindes, diesen vielfachen Tiertod, mit der im Roman *Mein Hund, meine Sau, mein Leben* dann nicht nur das spätere Theologiestudium des jungen Mannes begründet, sondern auf den auch die Erweckung des Erzählers zurückgeführt wird; von dem Kind, dem das geliebte Ferkel getötet und dann auch noch als Wurstsuppe vorgesetzt wurde, heißt es: »Damals muß ich den Verstand verloren haben, denn unmittelbar darauf begann ich zu dichten.«
Im Roman *Feuerland* betritt der Tod schon mit den beiden ersten Sätzen überfallsartig die Szene; es sind typische Stadler-Sätze in ihrer Verknüpfung äußerster Gegensätze: »In der Nacht vom 20. auf 21. Juni warf sich der Sohn des Fellhändlers Anto-

nio aus Pico Grande, Patagonien, vor den Zug. Es war sein erstes Lebenszeichen.« Auf der letzten Seite dieses Buches stirbt dann der alte Fritz von Streng, der 1933 vor seinen Landsleuten aus Deutschland fliehen mußte, und von dessen Gesicht gesagt wird, es sei »der Schauplatz einer universalen Kriegsgeschichte«. Er stirbt, weil aus einem vor ihm fahrenden Viehtransporter ein Schwein fällt und die Windschutzscheibe seines Wagens durchschlägt. Die beiden unnachahmlich lakonischen letzten Sätze lauten: »Das Schwein kann noch gerettet und notgeschlachtet werden. Er aber ist tot.« Dieser Fritz ist einer jener alten, ebenso bizarren wie bemitleidenswerten Männer, wie Stadler sie mehrfach beeindruckend einfühlsam geschildert hat, Don Quijotes der Männerliebe, die keinen jugendlichen Sancho Pansa mehr an sich binden, diesen allenfalls für Stunden kaufen können.

Aber auch jene Jüngeren, denen Liebe noch so leicht zufällt, erfahren die Nähe von Eros und Thanatos; mit seiner Cousine Rosa verkehrt der *Feuerland*-Ich-Erzähler entweder auf einem alten Friedhof oder in einer mit zotigen Zeichnungen bedeckten Vorzeithöhle, die im sogenannten Tal des Todes über einem steilen Abgrund liegt, und Rosa muß sich vor ihm im Liebesakt überdies als »Mordopfer« gerieren: »Allein so war es überhaupt möglich, daß wir zusammen waren. Nur wenn ich sie getötet hätte, wäre ich ihr noch näher gewesen.«

Es paßt ins Bild, daß der in Rom gescheiterte Theologe, nach Deutschland zurückgekehrt, sein Dasein als Grabredner fristet. Fast überflüssig anzumerken, daß dieses Bild des Grabredners in seiner Verschränkung von Ernst und Komik, von Klage und Klamauk die genaueste Entsprechung für Stadlers Schriftsteller-Existenz mit ihrer Vanitas-Fixierung darstellt. »Nichts läßt man uns, nicht einmal den Schmerz«, heißt es im letzten Stadler-Roman; schon im Buch davor gab es einen Stadler-Satz, der den Verlust selbst des Schmerzes in eine wahrhaft Robert Walser würdige Dialektik-Bewegung überführte: »Mich zerriß es vor Schmerz, daß es mich nicht vor Schmerz zerriß.«

Auch wenn Verzweiflung über die Vergänglichkeit bei Stadler in noch so grotesk übermütiger Drapierung daherkommt und Passion von Posse manchmal kaum zu unterscheiden ist – wobei die Komik dem Kontrast von Unvereinbarem, dem Zusammenstoß entgegengesetzter Empfindungs-, Geschmacks- und Sprachebenen und auch dem Zusammenstoß von Hoch- und Subkultur-Elementen entspringt –, stehen Stadlers Bücher in gänzlichem Gegensatz zur herrschenden hedonistisch-heidnischen Spaßkultur. Gegen deren drei Tabuthemen – nämlich Alter, Tod und Gott – verstößt Stadler mit einer Vorsätzlichkeit, deren innerster Antrieb – ich scheue das verpönte Wort nicht – Frömmigkeit sein muß.

In seinem liebevollen Essay zu J. P. Hebels Gedicht *Vergänglichkeit* meint Stadler, nicht eigentlich evangelisch sei Hebel gewesen, sondern »fromm und ungläubig«, und wird mit dieser Definition vom Leser Hebels zum Leser seiner selbst. Fromm erscheint mir Stadler zum wenigsten deshalb, weil er etwa die Psalmen ins Deutsche – nein, in sein Deutsch übertragen und sie dabei wunderbar aufgefrischt hat, sondern in der Art wie er den Kampf gegen die unbesiegbaren Windmühlen des Zeitgeistes führt, jenes Zeitgeistes, der inzwischen auch in seinem »Hinterland des Schmerzes« die Herrschaft übernommen hat. Dort im Dorf, wo gerade noch vom »Grüß Gott« bis zum »Vergelt's Gott« alles in Gottes Namen geschah, sind Trumpf nun Wörter wie »ficken«, »vögeln«, »nageln«, »bügeln«, und wer daran Anstoß nähme oder daran, daß die »gesegnete Mahlzeit« zum lumpig verkürzten »Mahlzeit« wurde oder daß neben dem Friedhof für die Sexmesse geworben wird, wer womöglich sogar den Namen Gottes öffentlich in den Mund nähme, böte – wie Stadler weiß – selbst ein Ärgernis. In den Büchern Arnold Stadlers verbinden sich Frömmigkeit und Ungläubigkeit ebenso unauflöslich wie Schwermut und Übermut gegen diesen Zeitgeist.

Diese Bücher – das muß doch gesagt werden – kommen zwar einzeln daher, sind aber die Fortschreibung eines einzigen Ich-Buches – in dem Sinne wie Robert Walser sein ganzes Werk als »ein mannigfaltig zerschnittenes oder zertrenntes Ich-Buch« charakterisiert hat. Auch Stadler legt mehr Wert auf das Gewicht des einzelnen Satzes oder Abschnittes als auf ein sich rundendes episches Ganzes. Schon Martin Walser wies darauf hin, daß Stadler oft »eine ganze Existenzdimension in einem einzigen Satz« abbilde. Die Kongruenz von Stoff und Erzählweise bei Stadler trifft genau das Goethe-Motto, das er seinem Roman *Feuerland* vorangestellt hat: »Man geht nie weiter, als wenn man nicht mehr weiß, wohin man geht«. Stadlers Erzählen wirkt oft sprunghaft, schlingernd, wie planlos, wie improvisiert und scheint, wie jenes Jean Pauls, vorzugsweise aus Abschweifungen und Arabesken zu bestehen. Mit Blick auf Jean Paul hat Friedrich Schlegel »die Arabeske als Phantasie des Leidens« charakterisiert.

Auch das Übertreibungs- und Wiederholungsprinzip, wie es Thomas Bernhard kultivierte, hat Spuren bei Stadler hinterlassen, der übrigens als Jungautor wie so mancher andere auch von einem Besuch beim »Untergangshofer« in Ohlsdorf träumte. Im Roman *Der Tod und ich, wir zwei* erscheint Thomas

Bernhard dann allerdings entzaubert zur »Imelda Marcos von Ohlsdorf mit den fünfundzwanzig Paar Gummistiefeln, den achtundsiebzig Tirolerhüten, Totschlägern, Geweihen in der Herrschaftsgruft von Ohlsdorf. Ich sagte mir«, so Stadler weiter, »unvorstellbar, daß Peter Handke oder Martin Walser solche Tirolerhüte tragen oder auch nur besitzen.« Apropos Peter Handke. Er, der neben Martin Walser zu den frühesten Stadler-Begeisterten gehörte, hat von dessen Büchern nicht nur gesagt, sie seien die eines mit sich selbst oft erschreckend strengen Kindes und balancierten kühn »zwischen Mündlichkeit und Schriftlichkeit«, sondern auch dies, daß sie, so wie andere Bücher kein mehrmaliges Lesen vertragen, kein einmaliges Lesen vertrügen, weil beim einmaligen Lesen der aus dem Mündlichen herrührende Darsteller- oder Schauspielergestus den eigentlichen, den geschriebenen Text von Stadlers Büchern zu verdecken drohe. Auch, möchte ich hinzufügen, erscheinen die für Stadlers Bücher so kennzeichnenden Abstürze zwischen zu großer Sehnsucht und zu großer Ernüchterung beim ersten Lesen leicht nur als stilistisches Ungleichgewicht. Beim zweiten Lesen entdeckt man dann, daß immer Scham die Urheberin solcher Brüche ist, Scham, welche die Herkunft der Komik aus der Verzweiflung vertuschen will durch solch rasche Tonlagenwechsel.

In übermütiger Stadler-Manier heißt es einmal im Roman *Ein hinreissender Schrotthändler*: »Nach langem Nachdenken kam ich darauf, nicht mehr nachzudenken.« – Nach langem Nachdenken kam ich meinerseits darauf, nun nicht länger über Stadler nachzudenken. Halt! Ein Gedanke drängt sich noch auf – einer zu dieser Preisverleihung. Am Ende seines Romans *Der Tod und ich, wir zwei* schreibt Arnold Stadler mit einem nochmals vom Übermut diktierten Schlußschlenker: »Den Wilhelmine-Lübke-Preis kriegst du für dieses Buch nie!« Nun kriegst Du, lieber Arnold Stadler, halt statt dessen den Büchner-Preis; und der ist, wie Hermann Lenz es wohl gesagt hätte, *au net schlecht*. Man hat etwas zum Zurückgeben für schlimme Zeiten.

Eigentlich ist nichts zum Lachen. Eigentlich ist alles zum Lachen.

Textnachweise

Herr Präsident, meine Damen und Herren:
Antrittsreden der Mitglieder vor dem Gremium der Deutschen Akademie für Sprache und Dichtung, Hg. von Michael Assmann, Wallstein Verlag, Göttingen 1999.

Erbarmen mit dem Seziermesser:
Deutsche Akademie Jahrbuch 99/01.

Im Grunde war alles nach Hause geschrieben:
Frankfurter Allgemeine Zeitung 13.2.1999.

Liebe Berger und Enkheimer:
Antrittsrede als Stadtschreiber von Bergen-Enkheim, gehalten beim Stadtschreiberfest 1998 im Festzelt auf dem Berger Markt.

Erinnerungen an Bergen. Kein Gedicht:
Stadtschreiber-Edition Monika Steinkopf, Bergen-Enkheim 1998.

Antwort auf die Frage, ob es einen Text gibt, der mein Leben bestimmt oder verändert hat:
Zuerst erschienen in: Günter Kunert (Hg.): Texte, die bleiben. Anthologie der Autoren, Radius-Verlag, Stuttgart 1998.
Johann Wolfgang Goethe: An den Mond, 1. Fassung: Gedichte 1756–1799, Suhrkamp Verlag, Frankfurt am Main 1987, S. 234; 2. Fassung: Gedichte 1800–1832, Suhrkamp Verlag, Frankfurt am Main 1988, S. 66.

Anfrage zum 28. August 1999: Was sagt Ihnen Goethe?:
Frankfurter Neue Presse 28.8.1999.

Ein Bibel- wie Bordellkenner:
Erstveröffentlichung.
Bertolt Brecht, Berlin und Frankfurt, Ausgabe Band 15, Gedichte 5, Suhrkamp Verlag, Frankfurt am Main 1993, S. 193.

Einmal auf der Welt. Und dann so.:
Neue Zürcher Zeitung 10.10.1998.

Hans Benders »Im Tabakfeld«:
Mainzer Akademie der Wissenschaften und Literatur. Zum achtzigsten Geburtstag von Hans Bender, 1999.

Die Bertullis:
Erstveröffentlichung.

Letzte Heiterkeit:
Gesendet 1989 auf SWF 2, zuerst erschienen in: Allmende 24/25, 1989.

Der Mississippi von Trempealeau aus:
Katalog Mark Tobey, Madrid 1997. Deutsche Erstveröffentlichung.

Mein Heimatfriedhof:
Badische Zeiten, Badischer Verlag Freiburg 1999.

Viel zu Bodensee:
Jahrhundertwende – Jahrtausendwende im Bodenseeraum, Hg. vom Internationalen Arbeitskreis Bodenseeausstellungen, Verlag E. Löpfe-Benz AG, Rorsbach 1999.

Haifisch meines Lebens:
Neue Zürcher Zeitung-Folio 4/99.

Le Thoronet, Silvacane, Sénanque:
Erstveröffentlichung.

Sehnsucht:
Zuerst erschienen in: Friedrich Pöhler. Ein Photograph in Wilhelmsdorf 1909–1919. Bermerkungen zur Betrachtung historischer Photographie. Hg. von Claudio Hils, Residenz Verlag, Salzburg – Wien 1997.
Aufgeschrieben für Brigitte Ritter-Kuhn zum Geburtstag, und zur Erinnerung an ihre Kindheit in Saulgau.

Ein Schriftsteller als geistiger Sozialarbeiter:
Gespräch mit dem Südkurier. Nicht veröffentlicht.

Wo bleibt das Tischgebet?:
Weltbild 24/99.

Es gibt keine Brezeln mehr:
Falter 7.1.2000.

FAZ-Fragebogen:
Frankfurter Allgemeine Zeitung 18.6.1999.

Lesen Sie vom gleichen Autor

ARNOLD STADLER
EIN HINREISSENDER SCHROTTHÄNDLER
Roman, 237 Seiten, gebunden, 1999

Hinreissender Besuch steht vor der Tür: Adrian, ein junger Mann in Adidas-Hose. Dem frühpensionierten Geschichtslehrer und »promovierten Träumer« und seiner Gattin Gabi, der hanseatischen Handchirurgin, kommt die Erkenntnis, daß es vielleicht zu spät ist, noch einmal bei Adam und Eva zu beginnen.
»Liebst du mich?«
»Bevor du fragtest wußte ich es noch.«
Im sprachwitzigen und satirischen ›Stadler-Ton‹ wird uns aus einer Ehe, der »krisengeschüttelten Branche« schlechthin, erzählt. Liebt Gabi den Schrotthändler und nicht mehr ihn? Und liebte er sie auch nicht mehr, sondern vielleicht ebenfalls den Schrotthändler? »Eine Ehe auf Sandwich-Basis?« Mit der Rückkehr an den Schauplatz der Hochzeitsnacht werden die »königsblonde« Rosemarie, die erste Liebe, genauso wie die Sehnsucht nach der fast vergessenen Kindheit und der oberschwäbischen Heimat im »Hinterland« wieder lebendig.

ARNOLD STADLER IST TRÄGER DES GEORG-BÜCHNER-PREISES 1999

»Stadlers Prosa ist voller Komik und Kalauer, ein Thomas Bernhard verwandter Verzweiflungsklang, in dem die Liebe zur Welt und der Ekel vor ihr unablässig miteinander im Kampf liegen. Wie kein zweiter Autor seiner Generation hat es Stadler in seinen Romanen verstanden, die Sehnsucht als existentielles Lebensgefühl zu rehabilitieren.« Frankfurter Allgemeine Zeitung